Arena-Taschenbuch
Band 1959

Ingrid Kötter
schreibt Hörspiele, Fernsehspiele und Kinderbücher.
Ihre Kinderbücher wurden mehrfach ausgezeichnet.
So erschien »Alle sagen Neuer zu mir« auf der Auswahlliste zum
Deutschen Jugendliteraturpreis.

Weitere lieferbare Titel von Ingrid Kötter im Arena Verlag:
»Kroko beim Zahnarzt«
»Mädchen sind klasse!«
»Sebastian und die Riesenblume«
»Die Windpockenbande«
»Schule ist schööön!«
»Zwillinge kommen selten allein«
»Keine Angst vor Mister Dobermann!«
»Alle sagen Neuer zu mir« (Taschenbuch Band 1736)
»Die Kopftuchklasse« (Taschenbuch Band 2049)
»Mutig, mutig, Katharina!« (Taschenbuch Band 2059)

Silke Brix-Henker
studierte an der Fachhochschule für Gestaltung in Hamburg.
Sie hat bereits zahlreiche Bilderbücher,
Kinder- und Jugendbücher illustriert. Außerdem arbeitet sie
für die Fernsehserie »Siebenstein«.

Ingrid Kötter

Cocker & Co., Detektivbüro

Zwei Fälle in einem Band

Mit Bildern von
Silke Brix-Henker

Der Sammelband enthält:

Cocker & Co., Detektivbüro
Cocker & Co., Diebe im Zoo

Arena

2. Auflage als Arena-Taschenbuch 1999

Umschlag und Innenillustrationen: Silke Brix-Henker
Umschlagtypographie: typostudio GmbH, München
Gesamtherstellung: Westermann Druck Zwickau GmbH
ISSN 0518-4002
ISBN 3-401-01959-7

Cocker & Co.,
Detektivbüro

Miri fand mein Sprechen mit Lolli im Mund super

*I*ch heiße Tom Bold, bin neun Jahre alt und ziemlich klein für mein Alter. Ich trage eine Brille mit dicken Gläsern, hab Abstehohren und keine Lust mehr über mich zu reden. Auch nicht mit Frau Fechner, meiner Lehrerin. Die starrt mich entsetzt an. »Oh, Tom, musste das sein?«
Verflixt! Jetzt packt sie mich bei den Schultern und schüttelt mich. Es sieht fast so aus, als wollte sie losheulen wie Mama. Davor hab ich echt Angst.
»Warum hast du sie abgeschnitten?«, fragt Frau Fechner. »Warum?«
»Das geht keinen was an!«, brülle ich in die Klasse, ziehe den Kopf ein und trete um mich.
»Rotzfrecher Bengel!« Frau Fechner lässt meine Schultern los und reibt sich ihr Schienbein.
Alle lachen.
»Na und?« Ich setze mich auf meinen Platz. Mit meinen Haaren kann ich machen, was ich will. Ich hab sie nicht nur abgeschnitten, ich hab sie auch

abrasiert. Ziemlich gründlich. Mit Papas neuem Elektrorasierer. Der ist jetzt hin.
Papa musste heute Morgen unrasiert ins Büro. Mann, war der sauer. »Geh mir aus den Augen!«, hat er gebrüllt. Dabei war er bestimmt auch mal verliebt, bevor er Mama geheiratet hat.
Miriam Podlowski ist das schönste Mädchen in der 4 a. Die absolute Traumfrau. Sie trägt poppige Kleider, hat blonde, seidige Haare, lackiert sich die Fingernägel der kleinen Finger rot, blau oder grün, ist kleiner als ich und schwärmt für Kojak, den amerikanischen Fernsehdetektiv. Das ist der mit dem Lolli und der Glatze.
Viele Jungen aus unserer Klasse schwärmen für Miri. Vor allem Sven und Felix. Die kaufen in der großen Pause immer Kuchenkrümeltüten in der Bäckerei an der Ecke und füttern Miri mit Tortenrandbruch und Kuchenbröseln ab. Sie geben ihr ganzes Taschengeld dafür aus. Bloß weil Miri mal gesagt hat, dass Kuchenkrümel ihre Leidenschaft sind. Nun geht sie meistens mit ihren zwei Futterquellen über den Schulhof und nur noch ganz selten mit Corinna Küppersberg und mir. Dabei hatten Miri und ich schon mal übers Heiraten gesprochen.
»Wetten, irgendwann überfrisst sie sich an den Scheißkuchenkrümeln«, hat Corinna zu mir gesagt. Das ist es!, hab ich gedacht und das Sprechen mit

Lolli im Mund geübt. Streng geheim. Tag für Tag. Stundenlang. Zu Hause vor dem großen Dielenspiegel. Das so hinzukriegen wie Kojak, ist verflixt schwer. Am Anfang ist mir immer die Spucke in langen Fäden rechts und links aus den Mundwinkeln gelaufen. Mal rot, mal grün, mal gelb, mal blau. In der Farbe der Lutscher. Der helle Teppichboden vor dem Spiegel hat ziemlich versifft ausgesehen. Beim Drauftreten hat es Mama die Schuhe ausgezogen. Festgeklebt. Sie war stinksauer, hat gesagt, dass Lollis ungesund sind, und mir kein Taschengeld mehr gegeben. So ist Mama. Alles mit Gewalt. Und wenn Papa mir beistehen will, wird er platt geredet.
Wo Miri nur bleibt. Ich sehe auf meine Armbanduhr. Die hat mir Oma Wilhelmine noch gekauft. Zusammen mit der teuren Seidenwindjacke, die Mama mir nicht kaufen wollte. Oma hat sich nie platt reden lassen. Nicht mal, als Mama und Papa von ihr verlangten, dass sie mir nicht so viel Geld geben sollte. Oma hat es trotzdem gemacht. Immer und immer wieder. Oma hat mir auch bei den Hausaufgaben geholfen. Sie und ich haben uns wahnsinnig gut verstanden. Krach hatten wir nur mal, wenn sie mir den Hals und die Ohren waschen wollte. Aus und vorbei. Mama und Oma haben sich oft gestritten. Meinetwegen. Oma hat sich nichts

draus gemacht. »Deine Mama ist bloß eifersüchtig auf mich, weil sie den ganzen Tag arbeiten muss und ich mit dir zusammen sein kann«, hat sie gesagt und gemacht, was sie wollte. Erst als Papa gebrüllt hat, Mama und er hätten es satt, sich von ihr ständig in meine Erziehung hineinreden zu lassen, ist Oma Knall auf Fall ausgezogen. Vor vier Wochen. Ins Seniorenheim Sonnenschein. In Haus B war zufällig was frei.

Mama und Papa haben gesagt, das mit dem Altersheim sei eine Schnapsidee und Oma könne lange warten, bis wir sie dort besuchen würden. Mensch, war ich sauer auf die beiden. Aber noch saurer war ich auf Oma Wilhelmine. Die mag mich nicht mehr, hab ich gedacht. Der ist es egal, was aus meinen Hausaufgaben, meinem Hals und meinen Ohren wird. Und das Schlimmste kam erst noch: Kein Oma-Geld mehr. Im Seniorenheim hat sie nur ein kleines Taschengeld. Ihre Rente geht für den Heimplatz drauf.

Egal. Was ich will, das kriege ich. Im Supermarkt steht ein Korb mit Süßigkeiten direkt neben der Kasse. In Handhöhe! Wenn eine Frau ungefähr im Alter von Mama ohne Kind in den Supermarkt geht, gehe ich mit. Während die Frau mit ihrem Einkaufswagen an der Kasse steht, rede ich kurz mit ihr, lache sie an, greife zu und gehe mit Lolli im

Mund und Lollis in der Hand raus. Ganz offen. Die Frau an der Kasse denkt: Seine Mutter zahlt die Lollis mit. Denkste. Das tut sie nicht, weil die Frau mit dem Einkaufswagen ja gar nicht meine Mutter ist.

Gestern früh war ich echt gut drauf. Wenn ich zum Beispiel wie Kojak mit Lolli im Mund sagte: »Rück mit der Wahrheit heraus, Baby, sonst wird der gute Onkel böse«, kriegte ich von meinen eigenen Worten eine Gänsehaut an den Armen. Da hab ich mich getraut und es in der Klasse vorgeführt.

Miri fand mein Sprechen mit Lolli im Mund super. »Toll, Tom«, hat sie gesagt. »Jetzt fehlt dir nur noch die Glatze.«

Corinna kennt jemanden, der einen Vogel hat, der sich immer die Federn ausrupft

Was ist denn mit dir passiert, Tom?« Miri wirft ihre Schulmappe auf den Tisch neben der Tür. »Hast du Läuse?«

In der Klasse ist es plötzlich ungewöhnlich still.

Ich schüttele den Kopf. Nicht so heftig wie sonst. Sogar das Kopfschütteln fühlt sich seltsam an. Irgendwie zugig hinter den Ohren.

Miri kommt langsam auf mich zu und betrachtet mich von allen Seiten. »Mensch, Tom, hast du Abstehohren! Weißt du eigentlich, wie dämlich du jetzt aussiehst?«

Ich ziehe die Schultern hoch und blinzele. Das Sonnenlicht! Es knallt mordsmäßig ins Klassenzimmer.

Jemand brüllt in die Klasse: »Tom heult.«

»Ach was«, sage ich. »Ein Kojak weint nicht.«

»Und von wegen heiraten«, zischt Miri. »Das ist

nicht mehr drin. Dann kriege ich ja Kinder mit Glatze.«

Ich nehme den Lolli aus dem Mund und will ihr erklären, dass abgeschnittene Haare nicht erblich sind.

»Augenblick!« Miri sieht mich scharf an und stemmt ihre Arme in die Hüfte. »Hast du vorhin was von Kojak gesagt?«

Ich nicke. Reden kann ich nicht. Es sammelt sich immerzu Spucke in meinem Mund und ich muss schlucken.

»He! Ihr da!«, brüllt Miri. »Sieht Tom Bold etwa wie Kojak aus?« Großes Gelächter und Kopfschütteln.

»Preisfrage. Was stimmt nicht?«

»Kojak ist ganz kahl. Tom hat oben noch ein Büschel Haare stehen lassen.«

»Und die Ohren!«, tönt Felix. »Kojak hat ganz kleine Ohren. Die liegen eng am Kopf.«

»Und Kojak trägt keine Brille«, schreit Sven.

Es ist wie verhext. Plötzlich kennt niemand Kojak mit Brille. Sogar Frau Fechner kann sich nicht daran erinnern, ihn je mit einer gesehen zu haben.

Es klingelt zur ersten Stunde.

Miri ist dieser Kojak aus dem Fernsehen plötzlich total egal. »Mit dir kann man sich echt nicht mehr sehen lassen«, schimpft sie.

Sven und Felix grinsen breit.

Na wartet! Ich stürze mich auf die beiden. Sie sind so überrascht, dass sie sich kaum wehren.
Frau Fechner rennt herbei, packt mich beim Kragen und sagt: »Halt! Du eifersüchtiger Mensch!«
»Eifersüchtig? Ich? Pah!« Ich reiße mich los und rase in Richtung Toiletten. Auf dem Klo heule ich Rotz und Wasser. Eine Schulstunde lang. Es vermisst mich niemand. Bloß Corinna Küppersberg. Die wartet in der Pause im Gang vor den Toiletten auf mich.
Corinna ist einen halben Kopf größer als ich, ein Jahr älter als ich, trägt eine Zahnspange und will mir ausgerechnet in dem Augenblick von einem Vogel mit kahlem Hals und kahlem Bauch erzählen, der irgendwem zugelaufen ist. »Ich glaube, es ist ein Papagei«, sagt sie. »Eigentlich soll ich ja nicht drüber sprechen.«
»Dann halte die Klappe!«, brülle ich sie an und renne in Richtung Klasse.
»He, warte, Tom! Der Papagei rupft sich immer die Federn aus und frisst sie.«
»Na und?«
»Der ist seelisch gestört«, flüstert Corinna. »Der schreit auch immer ganz laut und hackt mit seinem Schnabel. Er war bestimmt vorher bei jemandem, der ihn nicht lieb hatte.«
»Ich habe mir meine Haare nicht ausgerupft und gefressen. Ich will bloß Detektiv werden.«

»Ja, ja, schon gut. Reg dich ab!« Corinna rennt zu Miris Platz, tuschelt mit ihr und kichert.
»Tom? Detektiv? Der ist doch halb blind. Wie soll der denn Verbrecher fangen. Der sieht ja nicht mal mit Brille, was an der Tafel steht.« Miri kriegt sich kaum ein vor Lachen.
Lacht nur, denke ich. Jetzt erst recht. Tom Bold, der Superdetektiv. Jeder wird von ihm sprechen. Bis dahin sind Mädchen für ihn out. Mädchen machen immer ein Komplott. Oder heißt das Kompott? Nein. Ich glaube, das ist eine Süßspeise mit Obst. Also, was ich meine, ist: Mädchen halten zusammen. Die hecken unheimlich gerne was gegen Jungen aus. Ich hab plötzlich eine Mordswut auf alle Kichererbsen der Welt und nehme mir fest vor mit keinem Mädchen mehr zu reden. »He, Corinna!«, brülle ich in die Klasse. »Du bist ganz schön dämlich. Vögel laufen nicht zu, die fliegen!« Corinna soll nur ja nicht denken, ich hätte nicht zugehört bei ihrer Vogelgeschichte. Ein Tom Bold kriegt alles mit, alles.
In der großen Pause kloppen sich Miri und Corinna. Wie aus heiterem Himmel. Wortlos und verbissen. So nennt es jedenfalls Frau Fechner, bevor sie die beiden trennt. Warum sie Krach haben, sagen sie ihr nicht.

Kurz vor Schulschluss geht Corinna an meinem Platz vorbei zur Tafel und sagt laut und deutlich »Verräter!« zu mir.
Keine Ahnung, was ich verraten habe. Egal. Soll Corinna doch denken, was sie will. Die kann ich sowieso nicht ausstehen. Aber dass die kleine, zierliche Miri so zuschlagen kann, das hätte ich nie im Leben gedacht.
Es klingelt. Schulschluss.
Nichts wie weg hier! Ich renne in Richtung Festplatz. Hinter dem Festplatz liegt das Seniorenheim Sonnenschein.

Zwei Männer reden darüber, dass sie einer alten Dame im Seniorenheim etwas wegnehmen wollen, und ich bin Zeuge

Oh Mann, jetzt hab ich Seitenstechen vom schnellen Rennen. Egal. Weiter! Wenn ich nämlich nach der Schule bei Oma Wilhelmine im Seniorenheim Sonnenschein vorbeischauen will, kriegt Corinna Küppersberg das meistens mit und klebt an mir wie eine Klette.

Corinna wohnt in dem Anbau hinter dem Heim und hat denselben Weg. Ihre Mutter ist Heimleiterin. Corinna hat sie mal Frau Jetztnichtkeinezeitkind genannt, weil Frau Küppersberg immer »Jetzt nicht!« oder »Keine Zeit, Kind!« sagt, wenn Corinna etwas von ihr will.

Der Weg über den Festplatz ist ein Riesenumweg. Auf die Idee, dass ich den nehme, kommt Corinna hoffentlich nicht. Ich muss alleine sein mit meiner Glatze und meinem Miri-Kummer.

Puh! Wie das sticht! Jeder Atemzug tut gemein weh. Ich schmeiße mich in den Graben hinter der Buchenhecke. Mitten in Sägemehl aus der Manege. Mit meiner teuren Windjacke. Egal. Es riecht echt scharf nach dem Zirkus, der bis vor zwei Tagen auf dem Platz stand.
Ein Glück! Die Schmerzen lassen nach. Ich lege mich auf den Rücken, breite die Arme aus und atme tief durch. Den Zirkusgestank mag ich. Damit sind klasse Erinnerungen verbunden. Oma Wilhelmine und ich sind vor fünf Tagen in der Nachmittagsvorstellung gewesen. Die war echt super. Anschließend haben wir uns die Tierschau angesehen. Der große und der kleine Clown, die immer »He, hopp, basta!« riefen und sich gegenseitig mit riesengroßen Zauberstäben wegzaubern wollten, haben uns herumgeführt. In Maske und Kostüm.
Ich habe vor den Wagen mit den Tieren Faxen gemacht, Grimassen geschnitten und so.
Der große Clown hat gesagt: »Willst du nicht Clown werden? Wir könnten guten Nachwuchs gebrauchen.«
Ich habe mit Lolli im Mund gesagt: »Nein. Ich werde Detektiv, einer wie Kojak.«
»Bis dahin wirst du noch eine Menge Haare lassen müssen«, hat der große Clown gesagt und der kleine Clown hat gelacht, »He, hopp, basta!« gerufen und

mir über meine Locken gestrichen. An dem Tag hatte ich sie noch.
Verflixt. Bloß nicht schon wieder heulen! Wenn ich nur wüsste, wie lange es dauert, bis man neue Haare kriegt und die Menschen einen wieder mögen. Ich fühle vorsichtig über meinen kahlen Kopf, denke an Miri und starre in den blauen Himmel. Ganz lange. Mit weit aufgerissenen Augen. Plötzlich bin ich uralt, habe einen grauen Bart und meine weißen Haare reichen mir fast bis zu den Füßen. So wie ich jetzt aussehe, muss ich mindestens hundert Jahre lang im Graben hinter der Buchenhecke auf dem Festplatz gelegen und gepennt haben. Verwünscht wie Dornröschen. Bloß ist bei mir nichts mit ewiger Jugend und Schönheit. Wildfremde Menschen in seltsamer Kleidung stehen um mich herum und sehen auf mich herab. Alle, die ich mal gekannt habe und die mich kannten, sind tot. Das weiß ich genau. Mein Herz klopft wie wild. Eine Superfrau hält meine Hand. Ich frage sie nach Kojak.
»Kojak? Wer ist das? Nie gehört. Müsste ich den kennen?«
Ich schreie: »Ihr kennt Kojak nicht?«
»Kojak?« Sie sehen sich an und zucken mit den Schultern.
Das muss man sich mal vorstellen. Einer wie ich

rackert sich ab, um so zu werden wie der, und die haben keine Ahnung. Das ist der totale Abgrund. Ehrlich.

Igittigitt! Muss das sein? Dicht neben mir ein Mordsgeknatter. Und erst der Gestank! Ich fühle vorsichtig über mein Kinn und meinen Kopf. Kein Bart, keine langen Haare. Aus der Traum.

Zwei Männer mit Motorrad stehen auf der anderen Seite der Hecke. Durch eine kahle Stelle im Buschwerk kann ich sie sehen. Ihre schwarzen Lederjacken glänzen. Sie stellen den Motor ab und reden laut.

Ich höre: »Nein, nein, ich weiß es genau. Da drüben in dem Heim wohnt sie. Im Erdgeschoss, Haus B.«

»Und du bist ganz sicher, dass sie ihn hat?«

»Ich habe ihn selbst gesehen.«

»Wir können doch nicht einfach hingehen und ihn der alten Dame abnehmen.«

»Na klar können wir das.«

»Überleg doch mal. Er ist alt und kostet eine Menge. Und wer nimmt ihn uns dann ab?«

»Der Peschek. Wenn der ihn sieht, will er ihn.«

»Eben. Und das will ich nicht. Peschek ist keine gute Adresse mehr.«

»Jemand anders für ihn zu finden ist nicht leicht.«

Die Stimmen kommen mir bekannt vor. Aber die

Gesichter der Männer habe ich noch nie vorher gesehen.
Den Namen Peschek muss ich mir merken. Unbedingt. Die beiden haben ein krummes Ding im Seniorenheim vor. Etwas Altes wollen sie einer alten Dame stehlen. Ausgerechnet in Haus B im Erdgeschoss. Da wohnen doch Oma Wilhelmine und Frau Sichtermann, denke ich. Na wartet!
In meiner Phantasie gehe ich zu den Lederjacken-Typen hin, bohre ihnen meine Pistole in den Rücken und sage mit Lolli im Mund: »Hände hoch! Alten Damen nimmt man nichts weg, verstanden?« Ha! Wie sie wimmern. Ihr Leben soll ich schonen. Ich höre es, sehe es vor mir.
Zu gerne würde ich das machen. Ehrlich. Schon um es Miri und den anderen mal so richtig zu zeigen. Aber meine Pistole ist nur eine Wasserpistole und die liegt zu Hause im Spielzeugschrank. - He! Augenblick mal! Es kann ja etwas Harmloses sein, über das sie da reden. Alte Möbel zum Beispiel.
Klar! Das ist es! Die Männer wollen Frau Sichtermanns alten Kleiderschrank abholen. Frau Sichtermann hat zu viele Möbel in ihrem Appartement. Dieser Peschek handelt mit alten Sachen. Manchmal kommen Antiquitätenhändler oder Leute vom Flohmarkt und fragen im Heim nach alten Möbeln. Frau Sichtermanns Neffe will zum Beispiel unbe-

dingt ihren Schreibtisch haben, den mit den Geheimfächern. Aber Frau Sichtermann hängt daran. Den gibt sie nicht her. Erst wenn sie tot ist, soll ihr Neffe Wolfgang den Schreibtisch erben.
Ein Windstoß wirbelt Sägemehl auf. Ich muss niesen.
Ein kleiner, dicker Mann bricht durch die Hecke, packt mich beim Kragen und sagt: »Na, warte! Schon mal gehört, was man mit Spitzeln macht? Bist wohl lebensmüde, was?«
Der andere, ein ziemlich großer Bursche, ist inzwischen aufs Motorrad gestiegen, hat die Hecke umrundet, hält mit laufendem Motor neben uns an und schreit: »Lass ihn! Du machst dem Kleinen Angst.«
Der Lange hat gar nicht so Unrecht. Meine Beine zittern, und wenn ich noch Haare hätte, würden sie mir zu Berge stehen.
»Schon gut. Wir sind keine Kinderfresser.« Der Kleine lässt mich los und steigt zu dem Großen aufs Motorrad. Der gibt Gas und braust mit ihm davon. Ein Glück! Der große Mann hat ein Herz für Kinder. Ich klopfe mir das Sägemehl von der Windjacke, schüttele es von den Jeans, gehe mit weichen Knien in Richtung Seniorenheim und nehme mir vor die Augen offen zu halten. Wo habe ich nur die Stimmen gehört? Dass ich sie kenne, ist sicher. »Nehmt euch in Acht!«, sage ich leise vor mich hin. »Tom

Bold sieht schlecht, aber sein Gehör ist spitze. Und er vergisst so leicht nichts.«

Zwei Jungen aus der dritten Klasse rufen mir »Glatze« nach.

Ich renne zurück und halte ihnen meine Faust unter die Nase. »Das sagt ihr nicht noch einmal.«

Sie werden blass und nicken.

Wenn Glatze mein neuer Spitzname wird, flippe ich aus. Das ertrage ich nicht. Da verkloppe ich am Ende Kleinere. Und das passt nicht zu Tom Bold, dem Superdetektiv.

Oma Wilhelmine hat mehr Power als Mama und Papa zusammen

*D*as Seniorenheim. Die vier Häuser liegen mitten in einem großen Garten. Hell und freundlich sehen sie aus. Überall Blumenkästen vor den Fenstern. Der Rasen ist frisch gemäht und das gläserne Gewächshausdach glitzert in der Sonne.
Verflixt. Das Oma-Wilhelmine-Verbot. »Komm nach der Schule sofort heim«, hat Mama gestern gesagt. »Renn nicht immer zu Oma Wilhelmine. Ich verstehe dich nicht, Kind. Unter lauter alten Leuten ist es doch schrecklich langweilig.«
Langweilig?, denke ich und gehe weiter. Im Seniorenheim wird es bloß mal langweilig, wenn Oma und Frau Sichtermann über Verdauungsstörungen und Krampfadern reden. Sonst hat Oma Wilhelmine mehr Power als Mama und Papa zusammen. Ehrlich. Sie kennt jedes Kartenspiel, kann wahnsinnig schnell meine Matheaufgaben ausrechnen, mit zehn Fingern auf der Schreibmaschine schreiben, und egal, was ich anstelle, Oma mag mich immer. Be-

stimmt auch mit Glatze. - Und wenn nicht? Dann mache ich ihr einen Superduper-Wackelpudding. Im Heim gibt es bloß Gemeinschaftsessen. Das schmeckt ihr nicht immer. Und Wackelpudding ist Oma Wilhelmines Leibgericht. Wenn sie Ärger oder Kummer hat, stopft sie ganz viel davon in sich hinein und fühlt sich besser. Sagt sie jedenfalls.

Ich habe eine Puddingpackung in der Schulmappe. - Geklaut. Für alle Fälle. Nein, nein, nicht im Supermarkt. Zu Hause in unserer Küche. Für Oma Wilhelmine tue ich alles. Die sagt nämlich nicht wie Mama und Papa: »Sei vorsichtig, Tom, benimm dich anständig!« Sie sagt: »Trau dich, Tom, mehr als auf die Nase fallen kannst du nicht.« Kann sein, dass Oma Wilhelmine damit nicht gerade meine Lolli-Aktion im Supermarkt gemeint hat. Egal. Ich höre jetzt sowieso mit dem Lolli-Klauen auf. Miri kann mich mal. Die hat es nicht verdient, dass ich mich für sie in Gefahr bringe. - Ach was. Dummes Zeug. Ich mag Miri immer noch. Ich würde sogar Kuchenkrümeltüten für sie klauen, wenn sie in der Bäckerei nicht so hoch im Regal lägen.

Nanu? So viele Leute vor Haus B? Haben die zwei mit dem Motorrad schon etwas angestellt? Nein. Dann würde der Punk nicht so seelenruhig an den Blumenbeeten herumwerkeln. Andreas ist nämlich schrecklich neugierig. Der steckt seine Nase in alles, was ihn nichts angeht. Seit er mich dabei erwischt hat, wie ich Oma Wilhelmines Handtasche durchwühlt habe, ist er bei mir unten durch. Na ja, nicht ganz. Schließlich hat er mich nicht verpetzt. Kunststück. Es war sowieso kein Geld in der Tasche.

»Beeilung!«

Corinna rudert mit den Armen.

Wegen der Klette schneller gehen? Keinen Schritt. In Luft auflösen soll sie sich, und zwar sofort. Corinna hängt viel zu oft bei meiner Oma herum. Und die anderen können sich gleich mit auflösen. Seit Oma im Heim ist, hab ich sie nie für mich alleine.

Andreas, der Punk, richtet sich auf und macht sich an den Blumenkästen auf den Fensterbänken zu schaffen. Er hält den Heimgarten in Ordnung. Viel Geld ist damit bestimmt nicht zu machen. So wie der aussieht! Er hat kein Auto, bloß ein klappriges Fahrrad.

Corinna Küppersberg, Oma Wilhelmine, Frau Sichtermann und der Neffe von Frau Sichtermann stecken die Köpfe zusammen und reden miteinander.

Manche Menschen kann man auch aus der Ferne gut erkennen und auseinander halten. An ihren Haaren zum Beispiel.

Corinna mit ihren Flickenjeans und der karierten Bluse hat rotblonde, dünne Zöpfe. Die zieht sie sich ganz oft durch den Mund. Wenn sie aufgeregt ist, kaut sie sogar darauf herum.

Das kann Andreas nicht. Er hat rote, gelbe und grüne Stehhaare, die er mit Gel und Haarspray zu Zinken zusammengepappt hat. Bei der Arbeit trägt er einen grünen Kittel über seinen Punk-Klamotten.
Oma Wilhelmine ist groß, schlank und seit sechs Jahren Witwe. Sie hat graue, krause Haare auf dem Kopf, ein paar weiße auf der Oberlippe und ziemlich dicke Beine. Damit kann sie nicht schnell gehen. Das ärgert sie. Sie war nämlich früher mal Meisterin im Hochsprung. Später war sie Stenotypistin in einer Stahlfirma. Da hat sie den Opa kennen gelernt. Er war Arbeiter am Hochofen und verdiente nicht viel. Oma hat ihn trotzdem geheiratet und drei Kinder gekriegt. Eins davon ist mein Papa.
Frau Sichtermann hat blond gefärbtes Haar, ist ziemlich klein und trägt sogar wochentags Schmuck, Goldohrringe, Broschen, Ketten, Armbänder und so. Sie war Leiterin einer Sparkasse, hat nie geheiratet und soll ganz viel Geld haben. Das liegt aber nicht in ihrem Zimmer herum, das bewahrt die Sparkasse für sie auf, sagt Oma Wilhelmine.
Frau Sichtermanns Neffe Wolfgang besucht seine Tante einmal in der Woche. Dieser Wolfgang Sichtermann ist ein toller Typ. Den mag ich. Er hat eine Stoppelfrisur, kann Karate und trägt immer eine rote Nelke im Knopfloch seines hellen, piekfeinen Leinenanzugs. Keine künstliche, sondern eine ech-

te. Ich weiß nicht, wie er das schafft, aber die Blume sieht immer aus wie frisch gepflückt. Wolfgang Sichtermann kauft und verkauft gebrauchte Autos. Damit verdient er viel Geld. Er fährt nämlich einen knallroten Sportwagen. Der Schlitten ist super. Ich durfte schon einmal mitfahren. Zusammen mit Frau Sichtermann und Oma Wilhelmine. So einen Wagen kriege ich später auch. Aber ich nehme keine Tanten und Omas mit. Bloß Miri Podlowski. Sie und ich in einem roten Sportflitzer, das macht was her, wetten? Da können die Krümeltütentypen einpacken.

Corinna rennt auf mich zu und schreit: »Schnell, Tom, schnell! Deiner Oma ist ein Hund zugelaufen.« Die Klette packt meinen Jackenärmel und zieht. »Los! Komm!«

Nichts da. In der Schule hat sie noch von einem zugelaufenen Papagei geredet. Jetzt faselt sie etwas von einem Hund. Corinna will sich bloß interessant machen.

»Zerr nicht so an mir herum!« - Mist! Ich muss nachgeben, sonst ist der Ärmel von meiner neuen Seidenwindjacke hin. Typisch Küppersberg. Keine Achtung vor teuren Klamotten.

Oma ist ein Hund zugelaufen, Corinna nennt ihn Cocker

Ach du liebe Zeit!«, sagt Frau Sichtermann. Sie und ihr Neffe gaffen mich an.

Oma starrt auf meinen Kopf. »Donnerwetter, Junge. Du hast wirklich ganze Arbeit geleistet. Die schönen Locken!«

Ich balle meine Fäuste in den Hosentaschen. Meine Augen werden feucht.

Der Punk wirft verwelkte Stiefmütterchenblüten fort und zwinkert mir zu. »Besser ’ne Glatze als gar keine Haare.«

»Stimmt, Haare wachsen wieder.« Oma Wilhelmine lacht, beugt sich zu mir herunter, nimmt mich in den Arm und flüstert mir ins Ohr: »Trotzdem. Schade um die schönen Locken. Machst du mir einen Wackelpudding zum Trost?«

Ich nicke.

»Das mit dem Hund ist übrigens wahr.« Oma Wilhelmine drückt mich an sich.

Ein Hund? - Ein Hund! Mensch, das ist es! Miri

liebt Tiere. Während Oma und ich Hand in Hand ins Wohnzimmer gehen, halte ich den Hund in Gedanken an der Leine, dressiere ihn, gehe mit ihm spazieren und höre, wie Miri leise und lieb zu mir sagt: »Oh, Tom, ist das ein schöner, junger Hund! Gehört der dir? Darf ich den mal ausführen? Darf ich den mal streicheln?«

Er liegt unter dem Couchtisch.

Schock! Blutunterlaufene Triefaugen, braunes, lockiges Fell, lange Schlappohren und eine eisgraue Schlabberschnauze. Mist! Ich lasse Omas Hand los. Mit so einem kann ich mich vor Miri nicht sehen lassen. Ehrlich nicht.

»Er heißt Cocker«, sagt Corinna.

»Na und? Von mir aus kann der heißen, wie er will.«

»Na, na! Den Namen hat sich deine kleine Freundin da ausgedacht.« Oma Wilhelmine zeigt auf Corinna.

»Die Klette ist nicht meine Freundin. Und der da«, ich zeige auf Cocker, »ist echt das Letzte.«

»Psst! Sei nicht so gemein. Er ist der beste Spürhund der Welt«, behauptet Corinna.

»Woher weißt du das?«

Sie beugt sich zu ihm herab, streichelt ihn und grinst breit. »Er hat es mir gesagt.«

»Hunde reden nicht.« Ich ziehe kräftig die Nase hoch, stecke die Hände in die Hosentaschen, stoße

diesen Cocker mit meiner Fußspitze an und sage: »Hier ist ein Seniorenheim für Menschen und kein Tierasyl. Hast dich wohl verlaufen, was?«
Keine Antwort.
»Der Typ spricht nicht mit jedem«, stelle ich fest. »Was ist das überhaupt für eine Rasse?«
»Kratzt sich ein alter Hund am Bauch, sind Hunderassen Schall und Rauch«, sagt dieser Cocker mit tiefer, schleppender Stimme wie ein alter Mann und kratzt sich.
»Ich habe ein Buch über Hunde«, sagt Frau Sichtermann. »Es ist groß, rot und liegt auf dem Regal links über meinem Bett. Hol es mal, Tom!«
Ein Hund, der spricht? Ich gehe langsam nach nebenan und denke: Immer schön cool bleiben, Tom Bold. Alles Einbildung, oder?
In der Wohnung von Frau Sichtermann sieht es aus wie immer. Links steht der große Kleiderschrank, daneben der Schreibtisch mit den Geheimfächern und auf seiner Platte eine Schale mit Gebäck. Ah! Marzipanrollen! Ich suche mir eine besonders große aus. Zur Beruhigung. Schließlich begegnet man nicht alle Tage einem sprechenden Hund.
Das Fenster und die Terrassentür stehen weit offen. Andreas sieht über den Blumenkasten mit den verwelkten Stiefmütterchen hinweg ins Zimmer hinein. Seine bunten Haarzinken leuchten in der Sonne.

»He! Was hast du in Frau Sichtermanns Wohnung zu suchen?«
»Ein Buch über Hunde. Sie hat mich geschickt.«
»Soso. Und was hast du da in deiner Hand?«
»Nichts.« Ich stecke die Marzipanrolle in meine Hosentasche. Nun stimmt es. Nichts mehr in der Hand.
»Wo bleibst du denn, Tom?« Corinna stürzt herein. Sie zieht ihre Schuhe aus, klettert mit bloßen Füßen aufs Bett, rafft das Buch vom Regal, zieht ihre Schuhe wieder an und rennt zurück zu den anderen.
»Warte, ich komme mit. Ich möchte auch mehr über den neuen Hausgenossen wissen«, sagt Andreas und wischt sich seine schmutzigen Hände an der Gärtnerschürze ab.
»Musst du nicht arbeiten?«
»Meine Sache, du kleiner Klugscheißer.«
»Selber Klugscheißer.«
Corinna hat schon im Hundebuch nachgeschlagen, kaut auf ihren Zöpfen herum und stellt fest: »Cocker ist tatsächlich ein Cockerspaniel. Er sieht allerdings etwas abgewrackt aus.«
»Abgewrackt?« Der Hund hebt den Kopf und sieht mich an. »He, du! Sag diesem zöpfekauenden Ungeheuer, dass es seine mageren Stelzen in Sicherheit bringen soll, sonst garantiere ich für nichts.«

Corinna weicht zurück. »Hilfe! Der knurrt. Der will mich beißen!«
»Leg dich nicht mit Corinna an!«, warnt Andreas den Hund.
»Stimmt. Das kannst du dir nicht leisten«, sage ich. »Corinnas Mutter ist nämlich die Heimleiterin. Die hat hier das Sagen.«
Zack, da steht sie auch schon hinter uns und sagt sehr energisch: »Der Hund ist ja immer noch hier, Frau Bold. Ich habe es Ihnen schon gestern Abend gesagt, er hat hier im Seniorenheim Sonnenschein nichts zu suchen.«
»Und ob der hier was zu suchen hat«, sagt Corinna und zwinkert Oma Wilhelmine zu. »Nicht wahr, Frau Bold? Cocker ist das wichtigste Mitglied von Cocker & Co., Suchbüro.«
Oma Wilhelmine schmunzelt und reibt sich die Hände. »Ganz recht, mein Mädchen.«
»Und was sucht das wichtigste Mitglied von Cocker & Co.?« Das war schon wieder dieser neugierige Punk.
Cocker reckt sich, gähnt und sagt im Zeitlupentempo: »Im Falle eines Falles sucht Cocker wirklich alles.« Dann bellt er kurz, aber kräftig.
Frau Küppersberg bückt sich zu ihm herunter. »Kusch! Hier bei uns wird nicht gebellt. Vor allem nicht in der Mittagszeit.« Sie versucht Cocker an

seinem Nackenfell unter dem Couchtisch hervorzuziehen. »Nun komm schon! Ich bringe dich jetzt ins Tierheim.«
Corinna zerrt an ihrer Mutter herum. »Mama! Lass den Hund in Ruhe! Denk doch an das Suchbüro!«
Frau Küppersberg richtet sich auf und schimpft: »Suchbüro! Suchbüro! Es ist Ferienzeit. Dieses

alte, dickfellige Schlappohr hat jemand ausgesetzt. Es sucht ein neues Zuhause. Sonst nichts.«

»So sehe ich das auch«, sagt Andreas und geht feixend hinaus.

Den Punk hab ich noch nie leiden können. Ich schreie ihm nach, dass er keine Ahnung hat. »Im Falle eines Falles sucht Cocker nämlich alles.«

»Du kannst ja dichten, Tom«, staunt Frau Küppersberg.

Ich schüttele den Kopf und denke: Nein, dichten kann ich nicht. Aber ich kann etwas anderes. Etwas, das hunderttausendmal besser ist. Etwas, das sonst niemand kann. Ich kann hören, was dieser Cocker sagt. Nur ich, Tom Bold, habe dafür die richtigen Ohren.

Cocker & Co., das Detektivbüro mit dem besten Spürhund der Welt

»Cocker & Co. ist so eine Art Detektivbüro«, erklärt Corinna ihrer Mutter, dann flüstert sie mir ins Ohr: »Deine Oma und ich haben es bloß Suchbüro genannt, weil meine Mama behauptet, ein Hund hätte im Seniorenheim Sonnenschein nichts zu suchen, verstehst du?«
Ich verstehe nur zu gut. Schon wieder ein Komplott. Diesmal von Oma Wilhelmine und Corinna.
»Hör mal zu, Tom«, sagt Oma Wilhelmine und singt:

»Ist was weg, keiner weiß, wo,
Cocker & Co., Detektivbüro.

Das klingt doch gut, oder?«
»Nein, das hört sich beknackt an.«
Corinna bückt sich, streichelt den Hund und sülzt: »Cocker & Co., das Detektivbüro mit dem besten Spürhund der Welt!«
Sieh einer an! Dem besten Spürhund der Welt

scheint das zu gefallen. Er dreht sich auf den Rücken, streckt alle viere von sich und lässt sich von Corinna Küppersberg am Bauch kraulen.
Ich muss lachen.
Frau Küppersberg verbeißt sich das Lachen und schüttelt den Kopf. »Ein Detektivbüro im Seniorenheim Sonnenschein? Ausgeschlossen.«
Oma Wilhelmine räuspert sich. »Zu spät. Die Aktion ist schon angelaufen. Ich habe gestern mehrere Reklamezettel getippt.«
»Getippt? Wie? Wo?« Frau Küppersberg glaubt Oma nicht.
»Mit zehn Fingern. Auf meiner kleinen Reiseschreibmaschine. Mit mehreren Durchschlägen«, sagt Oma Wilhelmine und wedelt mit einem pinkfarbenen Blatt Papier. »Zettel wie diesen hier habe ich heute Morgen an mehrere Heimbewohner und einige Bewohner der umliegenden Häuser verteilt.«
»Ach du liebe Zeit! Sie sind viel zu aktiv für ein Altersheim, Frau Bold.« Frau Küppersberg geht aufgeregt hin und her. »Was steht denn auf den Zetteln?«
»Nur, dass Cocker & Co. verlorene Gegenstände sucht und findet. ›Anruf genügt, kommen sofort.‹«
»Menschen, die etwas verloren haben, können aber auch zu Frau Bold kommen«, erklärt Corinna.
»Hierher? In Haus B?« Frau Sichtermann fummelt

Cocker
& .Co

nervös an der Brosche herum, die den Kragen ihrer Bluse zusammenhält. »Alles, nur das nicht. Ich dachte, das mit Cocker & Co. sei nur ein Spaß.« Sie sieht ihren Neffen an. »Wolfgang, sag doch auch mal was!«

»Meine Tante braucht absolute Ruhe«, sagt Wolfgang Sichtermann.

»Hier in Haus B ist es doch aber sehr ruhig«, sagt Frau Küppersberg.

»Ruhig?« Frau Sichtermann schüttelt den Kopf. »Frau Bolds Enkelsohn kommt sehr oft nach der Schule vorbei und meistens hat er Ihre Corinna dabei. Leise sind die zwei nicht gerade.«

»Tut mir Leid.« Frau Küppersberg sieht uns beide nachdenklich an. »Ich hab wenig Zeit für Corinna. Sie freut sich, wenn sie Gesellschaft hat.«

»Das mit den Kindern macht nichts«, sagt Frau Sichtermann. »Die mag ich. Die bringen Leben ins Haus. Aber falls nun auch noch dieser Hund bleibt und Tag für Tag wildfremde Menschen, die etwas suchen, hier bei uns vor der Tür stehen, wird es mir zu viel.«

»Sie sind auch nicht immer leise, Frau Sichtermann«, sagt Oma Wilhelmine. »Wenn Ihr Neffe bei Ihnen ist, geht es meistens ziemlich hoch her. Vor allem, wenn er Geld verlangt und Sie ihm keins geben wollen.«

Mensch, ist mir das peinlich. Manchmal geht Oma echt zu weit, wenn sie mich verteidigen will. So war das auch zu Hause immer. »Aber Oma!«, sage ich. »Wer so ein tolles Auto fährt, braucht kein Geld von seiner Tante.«
»Ganz recht«, sagt Wolfgang Sichtermann. »Ich habe selbst mehr als genug.«
»Die Wände hier sind sehr dünn. Ich kriege jedes Wort mit«, verrät Oma Wilhelmine.
Frau Sichtermann läuft rot an.
Wolfgang Sichtermann umarmt seine Tante und zwinkert ihr zu. »Wir spielen manchmal Karten, Frau Bold, Schafskopf und so. Meine Tante verliert nicht gerne und will meinen Gewinn nicht herausrücken.«
»Seltsam.« Oma Wilhelmine runzelt die Stirn. »Zu mir hat Ihre Tante gesagt, Kartenspiele seien ihr ein Greuel. Egal. Es geht jetzt um den Hund. Ich finde, wir sollten ihn behalten. Er weiß nicht, wohin, und für uns hier im Erdgeschoss wäre er ein guter Schutz vor Einbrechern.«
»Auf dem Festplatz waren zwei Männer mit einem Motorrad«, sage ich schnell. »Die wollten einer alten Dame . . .«
»Augenblick mal!«, unterbricht mich Frau Sichtermann und stößt ihren Neffen an. »Mit dem Schutz vor Einbrechern könnte Frau Bold Recht haben. Was meinst du, Wolfgang?«

Der lacht schallend. »Ich meine, dass dieser verschlafene Spürhund da keinen Einbrecher verjagen wird. Der wird sich irgendwo verkriechen, wenn einer kommt.«
Corinna hört mit dem Hundekraulen auf und stellt sich neben mich. »Cocker macht das schon. Der beste Spürhund der Welt ist nämlich nicht alleine. Tom, Frau Bold und ich sind das Co. von Cocker & Co. Wir drei sind seine Compagnons.«
»Du bist also auch mit von der Partie, Tom«, seufzt Frau Küppersberg und sieht mich vorwurfsvoll an.
Corinna stößt mir ihren Ellbogen in die Seite.
Ich nicke schnell. Obwohl ich immer noch nicht genau weiß, was hier gespielt wird. Anscheinend wollen Corinna und Oma Wilhelmine Frau Küppersberg von Cockers »überragenden Fähigkeiten« überzeugen, damit er bleiben kann.
Richtig geraten.
»Cocker hat mit seiner guten Nase bereits meine Lesebrille und Frau Sichtermanns Gebiss aufgespürt«, sagt Oma Wilhelmine.
Kleckerkram, denke ich. Ja, wenn Cocker Verbrecher jagen würde, Fassadenkletterer, Bankräuber und so. Das wäre was.
Cocker wälzt sich vom Rücken auf die Seite. Er leckt sich das Maul und sabbert.
Frau Küppersberg muss lachen. »Der beste Spür-

hund der Welt scheint nicht sehr daran interessiert zu sein, ob er bleiben kann oder nicht.«
Oma Wilhelmine schmunzelt. »Ich muss zugeben, Cocker wirkt im Augenblick nicht wie ein gerissener Spürhund. Aber das täuscht. Er ist wie die schlampigen und immer verschlafen aussehenden Detektive im Fernsehen. Wenn es darauf ankommt, sind sie hellwach und schlagen zu.«
Frau Küppersberg schüttelt lachend den Kopf. »Aber Frau Bold, glauben Sie tatsächlich, es würde auch nur ein einziger Mensch kommen und die Dienste von Cocker & Co. in Anspruch nehmen? Bei dem ›hellwachen‹ Spürhund da unter der Couch habe ich so meine Zweifel.«
Die habe ich auch.

Ein Papagei mit rotem Kopf wird gesucht. Er kann Lora sagen und badet gerne

Jemand klopft an die Tür von Haus B.

»Herein!«

Eine dünne, ältere Dame mit weißem Hut und cremefarbenem Mantel stöckelt auf hohen Absätzen durch den Gang auf Oma Wilhelmines Appartement zu. »Gestatten, Regina Scholz.« Sie zieht die Reklame für das Suchbüro aus der Tasche, wedelt damit, sieht Oma Wilhelmine, Frau Küppersberg, Corinna Küppersberg, Frau Sichtermann, Frau Sichtermanns Neffen und mich der Reihe nach an und fragt: »Entschuldigung, bin ich hier richtig bei Cocker & Co.?«

»Bei uns sind Sie goldrichtig«, sagt Oma Wilhelmine und schiebt der Dame einen Stuhl hin.

»Ist das da etwa der Spürhund, von dem Sie Wunderdinge berichten?« Frau Scholz setzt sich nur zögernd und zeigt auf Cocker.

»Ja, das ist er«, sagt Oma Wilhelmine. »Um was geht's?«

»Um meinen Papagei.« Frau Scholz fächelt sich mit dem Reklamezettel Luft zu. »Er ist entflogen.«
Frau Sichtermann wischt sich mit einem Spitzentaschentuch den Schweiß vom Hals. »Sie Ärmste!«
»Nun ja, wissen Sie«, druckst Frau Scholz herum. »Meine Kinder haben mir Lora geschenkt, als sie in eine andere Stadt zogen. Sozusagen als Enkelersatz. Als ob man Enkel durch ein Tier ersetzen könnte. Kann man doch nicht, oder?«
»Selbstverständlich nicht«, sagt Oma Wilhelmine. »Damit ist jedes Tier überfordert.«
»Und ob, Frau Bold«, sagt Frau Scholz. »Mit meinem ältesten Enkelkind konnte ich mich schon richtig unterhalten. Es soll ja Papageien geben, die reden. Lora kann leider nur ihren Namen sagen. - Heiß hier!« Die Dame steht auf.
»Augenblick, ich helfe Ihnen.« Wolfgang Sichtermann nimmt ihr den Mantel von den Schultern und hängt ihn über die Stuhllehne.
Frau Scholz bedankt sich, setzt sich wieder und fährt fort: »Lora frisst gerne Nüsse. Wenn sie eine Nuss haben will, nickt sie immer mit dem Kopf und krächzt. Das Krächzen ist schrill und durchdringend. Meine Nachbarn hatten sich schon mehrfach beschwert. Außerdem frisst Lora Tapeten an, Schränke, Türen und so weiter.«

»Kann die nur meckern?«, schnauft Cocker. »Hat Lora nicht auch ein paar gute Eigenschaften?«
Schweigen.
»Hat Ihr Papagei auch gute Eigenschaften?«, frage ich.
»Nun ja, im Gegensatz zu meinen Enkelkindern, die sich nicht gerne den Hals waschen, ist Lora wahnsinnig sauber.«
»Soso.« Oma Wilhelmine holt Papier und Kugelschreiber. »Schreib!«, sagt sie zu mir.
Ich schreibe und wiederhole leise für mich: »Vogel schreit laut. Nachbarn beschwert. Isst gerne Nüsse. Frisst auch Tapeten an und Türen und Schränke. Wäscht sich den Hals.«
»Sonst stimmt alles, aber den Hals wäscht sich Lora nicht«, sagt Frau Scholz. »Wenn Lora baden will, kreischt sie ganz hoch und schrill und plustert sich immerzu auf.«
»Und dann?« Corinna geht es nicht schnell genug.
»Dann muss ich ganz schnell die Blumenspritze holen und sie ringsherum nass spritzen.«
»Und dann?« Corinna zieht ihre Zöpfe durch den Mund.
»Dann hebt Lora zuerst den rechten Flügel hoch, damit der Wasserstrahl auch dort hingelangt, und dann den linken. Pfft, pfft. Schließlich dreht sie sich herum, hält mir ihr Hinterteil hin, stellt die

Schwanzfedern hoch und lässt sich auch rings um den After besprühen.«

Frau Küppersberg und Frau Sichtermann schmunzeln.

Corinna möchte wissen, was ein After ist.

»Frau Scholz meint den Hintern«, sage ich.

Corinna und ich verbeißen uns das Lachen.

Frau Sichtermanns Neffe bleibt todernst und schimpft: »Es geht hier um das ernste Anliegen einer Dame.«

Das »ernste Anliegen« ist zu viel für Corinna. Sie prustet los und kann gar nicht mehr aufhören zu lachen.

»Nun ja, die Badestory hört sich gewiss seltsam und erheiternd an«, sagt Frau Scholz. »Aber für mich war das alles gar nicht so lustig. Lora schüttelt sich nämlich anschließend und putzt sich.«

»Na und?«, sagt Corinna immer noch lachend. »Was ist schon dabei?«

»Was dabei ist?« Frau Scholz ringt die Hände. »Dabei wird die teure Strukturtapete hinter ihrem Käfig klitschnass und wellt sich. Außerdem rupft sich Lora nasse Federn aus, zieht sie durch den Schnabel und wirft sie an die Wand.«

Ich schreibe: Lora wirft nasse Federn an die Wand, und frage: »Wie sieht Lora denn aus?«

»Grün. Mit rotem Kopf und rotem Schnabel.«

»Und wann ist Lora entflogen?«, fragt Oma Wilhelmine.
»Vor ungefähr drei Wochen.«
Cocker bellt. »Hört, hört, schon vor drei Wochen!«
»Und da kommen Sie erst jetzt?«, wundert sich Oma.
»Nun ja.« Frau Scholz wird rot. »Ihr Büro wurde gerade erst gegründet.«
»Und vorher haben Sie nichts unternommen?«
»Doch, doch, schon. Aber auf meine gestrige Zeitungsanzeige ›Vogel entflogen‹ hat sich niemand gemeldet. Ich hätte Lora lieber heute als morgen zurück. Übermorgen kommen nämlich ganz überraschend meine Kinder zu Besuch. Meine Enkel lieben Lora. Wenn sie sie nicht vorfinden, werden sie sehr traurig sein.«
»Die Zimtzicke will den Papagei nur zurückhaben, weil ihre Enkel kommen«, brummt Cocker. »Sonst könnte er bleiben, wo der Pfeffer wächst.«
Richtig!, denke ich und sage: »Die will den Papagei nur zurückhaben, weil ihre Enkel kommen.«
»Also, weißt du.« Frau Scholz erhebt sich. »Übernehmen Sie nun den Auftrag oder nicht?«
»Nein.« Oma Wilhelmine schüttelt den Kopf.
»Ich zahle auch dafür«, sagt Frau Scholz und öffnet ihre Handtasche.
»Tut mir Leid. Ich glaube nicht, dass wir noch eine

Chance haben. Nach so langer Zeit ist Ihre Lora längst über alle Berge.«

Frau Scholz klappt ihre Handtasche wieder zu.

Cocker steht schwerfällig auf, kratzt sich mit der rechten Hinterpfote am Ohr und brummt etwas, das wie Finderlohn klingt.

Frau Scholz nimmt ihren Mantel von der Stuhllehne und geht zur Tür.

»Warten Sie!«, sage ich. »Wie wäre es mit Finderlohn, falls wir diese Lora finden?«

Frau Scholz bleibt stehen. »In welcher Höhe?«

»Einhundert Mark«, sage ich und rechne schnell aus, dass man dafür mindestens zweihundert Kuchenkrümeltüten kaufen könnte. Zweihundert große Pausen mit Miri!

»Einverstanden.« Frau Scholz geht zur Tür. »Ach so, meine Visitenkarte haben Sie noch nicht. Bitte sehr, Frau Bold. Ich wohne in dem Hochhaus am Ende der Straße. Im vierten Stock rechts. Geben Sie mir telefonisch Nachricht, wenn Sie etwas wissen. Mir liegt wirklich sehr daran, Lora zurückzubekommen.« Peng, Tür zu.

Ich wette, Corinna weiß, wo die Lora von Frau Scholz ist

*D*as mit den einhundert Mark war ein starkes Stück«, sagt Oma Wilhelmine. »Wie bist du nur auf die Idee mit dem Finderlohn gekommen, Tom?«

»Es war Cockers Idee.«

»Wie bitte? Willst du im Ernst behaupten, Cocker hätte dir gesagt, dass du einhundert Mark Finderlohn fordern solltest?«

Ich tue so, als hätte ich nichts gehört, und schreibe auf: Lora ist grün, hat einen roten Kopf und sie mag es sehr, wenn sie überall mit der Blumenspritze besprüht wird. »Ein tolles Vieh, diese Lora«, sage ich und lache.

»Frau Scholz war froh, dass sie den Vogel los war«, sagt Corinna.

»Sie hat ihn ausgesetzt.« Oma Wilhelmine ist sich ganz sicher.

»Irgendwie verstehe ich sie. So ein Vogel kann eine Nervensäge sein«, sagt Frau Sichtermann.

»Ihre Kinder sind schuld. Die hätten ihn ihr nicht

schenken sollen«, sagt Frau Küppersberg und eilt zur Tür, weil ein Heimbewohner mit seinem Rollstuhl nicht klarkommt.
»Du, Mama, ich glaube, ich weiß, wo diese Lora ist.« Corinna will ihre Mutter festhalten.
»Jetzt nicht. Keine Zeit, Kind.« Weg ist sie.
Als ich Corinna fragen will, wo diese Lora ist, kratzt sich Cocker ausdauernd am Ohr und Frau Sichtermann kratzt sich an den Armen und am Hals und behauptet: »Der Köter hat Flöhe.«
Cocker erhebt sich schwerfällig, geht zur Tür, bellt und sagt im Zeitlupentempo: »Selber Flöhe. Und für den Köter erwarte ich eine Entschuldigung, sonst garantiere ich für nichts.«
»Er mag das Wort Köter nicht«, sage ich.
»Ach was. Cocker muss mal«, sagt Oma Wilhelmine. »Aus dem Weg!«
»Die Entschuldigung! Ich warte!« Cocker knurrt Wolfgang Sichtermann an.
Der reißt die Haustür auf und springt zur Seite.
»Schnell!«, sagt Frau Sichtermann und kichert. »Wir suchen alle miteinander einen guten Baum, sonst pinkelt die Töle noch in den Gang.«
»Die Goldklunker-Lady und der Nelkenfuzzi können froh sein, wenn ich ihnen nicht ans Bein pinkele«, sagt Cocker ganz langsam und schleppend. »Töle hat mich bis jetzt noch niemand genannt. Und

meinen Baum suche ich mir in aller Ruhe selbst. Damit das klar ist.«
Er geht betont langsam hinaus. Fast majestätisch. Die anderen folgen ihm.
Ich biege mich vor Lachen.
Frau Sichtermann sieht mich beleidigt über ihre Schulter hinweg an. »Lachst du etwa über mich?«
»Nein, über Cocker. Der sucht sich seine Bäume lieber selbst aus, hat er gesagt.«
»So so, was du nicht sagst. Zuerst behauptet Corinna, der Hund hätte ihr seinen Namen gesagt, und jetzt sagst du, er könnte reden. Die reinste Verschwörung ist das. Ihr seid mir ein schönes Pärchen.«
Frau Sichtermann lacht und geht kopfschüttelnd hinaus.
»Wir sind kein Pärchen!«, rufe ich ihr nach. »Wir verschwören uns nie. Wir können uns nämlich nicht leiden. Stimmt doch, oder?« Ich sehe Corinna an.
Die macht es sich auf Omas Fensterbank gemütlich, sieht mich aus schmalen Augenschlitzen an und fragt: »Du gehst nicht mit den anderen?«
»Nein. Wozu? Ich bleibe lieber hier.«
»Hier bei mir?«
»Im Appartement von *meiner* Oma.«
Corinna zieht sich ihre Zöpfe durch den Mund. »Spielen wir Mensch-ärgere-dich-nicht?«

»Nein. Keine Zeit. Muss einen Wackelpudding für Oma Wilhelmine machen.«
»Kannst du das denn überhaupt?«
»Und ob. Wackelpudding gelb, Wackelpudding rot und Wackelpudding grün. Heute wird es ein blauer. - Sag mal, Corinna, weißt du wirklich, wo diese Lora ist?«
»Wie kommst du denn darauf?«
»Du hast es vorhin gesagt. Zu deiner Mutter.«
»Tom Bold, du spinnst.«
Typisch Corinna Küppersberg. Ich wette, sie weiß, wo der Vogel ist, und sagt es mir nicht. Na warte! Wenn Tom Bold etwas herauskriegen will, kann er unheimlich hartnäckig sein.

Ich schreie laut »Haltet die Diebe« und jemand legt mir seine Hand auf den Mund

*I*ch setze mich ausnahmsweise zu Corinna auf die Fensterbank, stecke einen neuen Lolli in den Mund und sage: »Du hast mir doch heute Morgen in der Schule etwas von einem zugelaufenen Vogel mit kahlem Hals und kahlem Bauch erzählt.« Dabei schaue ich aus dem Fenster. Nur ja nicht zu interessiert aussehen!
Mensch, das ist ja ein Ding! Zwei Männer laufen am Haus vorbei, Männer mit Lederjacken. Ich sehe sie ganz deutlich durch die Gardine. Einer ist groß, der andere klein. Die Motorradfahrer!
Ich rutsche von der Fensterbank, renne zur Tür, reiße sie auf und schreie laut: »Haltet die Diebe!« - Komisch. Weit und breit kein Mensch mehr zu sehen. Was sagt man dazu? Tom Bold hört nicht nur eine Hundestimme, er sieht auch Gespenster. Die Sache wird mir unheimlich.
Als ich ins Zimmer zurückkomme, sitzt Corinna

noch auf der Fensterbank und packt meine Schulmappe aus.
»Lass das!«, sage ich so ruhig ich kann mit Lolli im Mund. »Das ist Gelatine. Die brauche ich für den Wackelpudding. Sie war in der Puddingpackung. Wo hast du die gelassen?« Verflixt! Ich sehe an mir herab. Voll gesabbert! »Äh, bin heute wohl nicht ganz so gut drauf.«
Corinna wirft mir die aufgerissene Puddingpackung zu. »Liebeskummer, was?«
»Der Vogel mit dem kahlen Hals«, sage ich. »Wer hat ihn? Raus damit!«
Corinna zuckt mit den Achseln, hält ein Tütchen in der Hand, baumelt mit den Beinen und fragt: »Was ist das?«
»Lebensmiddelfaabe. Kannscht wohl nicht leschen, wasch?« Auch das noch! Spuckefäden rechts und links. Ich nehme den Lolli aus dem Mund, wiederhole das Wort »Lebensmittelfarbe« und zeige Corinna die Aufschrift »Garantiert ungiftig und wasserlöslich«. »Damit habe ich mal meinen Teddy umgefärbt. Mit blauem Wasser aus der Blumenspritze. Sah für eine Weile echt heiß aus, der Typ.«
»Und dann?«
»Dann hab ich ihn wieder abgewaschen. Er färbte nachts ab.«
»Sag bloß, du schläfst noch mit Teddy.«

»Na und? Du etwa nicht?«
»Nein. Ich bin schließlich schon zehn. Aber zu dir passt das. Du läufst ja auch immer mit Lolli im Mund herum. Warum machst du das eigentlich noch?«
»Nur so.«
»Aha ... Dann pass auf, Kleiner! Triel nicht in den Pudding!« Corinna wirft das Päckchen Gelatine auf den Wohnzimmertisch, steckt die Tüte mit der Lebensmittelfarbe ein, stößt sich von der Fensterbank ab, macht einen gewaltigen Satz in Richtung Tür und sagt: »Ich gehe jetzt, Tom Bold. Und damit du es weißt: Miri Podlowski ist schön und lieb, aber fad. Dagegen hilft nichts. Auch nicht, dass sie sich die Fingernägel lackiert. Und überhaupt: Künstliche Farbe ist ungesund. Du willst doch wohl nicht deine Oma vergiften.« Sie reißt die Tür auf.
»Hast du sie noch alle?«, schreie ich und stelle mich ihr in den Weg. »Das ist schließlich meine Oma. Mit der kann ich machen, was ich will. Ich meine, ich vergifte sie schon nicht. Ich mag die nämlich. Und bis jetzt ist ihr noch jeder Wackelpudding bekommen, den ich gekocht habe. Gib das Tütchen mit der Farbe her!«
Corinna schiebt mich zur Seite, knallt mir die Tür vor den Kopf und rennt davon.
Na warte! Tom Bold hat sich die längste Zeit zur Seite

schieben lassen. Mit Wolfgang Sichtermann wird jetzt Karate geübt. Handkantenschläge und so. Er hat es mir neulich schon mal gezeigt. Wenn ich erst mit der bloßen Hand einen Stein zertrümmern kann, soll die Klette den Trick mit der Tür noch mal versuchen.

In der Puddingpackung sind nur noch die Aromastoffe und der Zucker. Ich werfe die Gelatine in meine Schulmappe. Ein Wackelpudding ohne Farbe sieht nach nichts aus und schmeckt dann auch nach nichts. Die Arbeit kann ich mir sparen.

In der Ferne knattert ein Motorradmotor. Das Geräusch kenne ich. Ich habe also nicht geträumt. Die Männer sind am Fenster vorbeigelaufen. Oje, vielleicht waren sie längst in der Wohnung von Frau Sichtermann verschwunden, während ich draußen nach ihnen sah. Ich rase nach nebenan und reiße die Tür zu Frau Sichtermanns Appartement auf. Ein Glück! Der Kleiderschrank steht noch an der Wand. Ich muss lachen. Die zwei mit den Lederjacken hätten ihn ja schließlich auch nicht auf ihrem Motorrad abtransportieren können. Der Schreibtisch mit den Geheimfächern ist auch noch da. Und auf ihm steht die Schale mit den Süßigkeiten. Ich hab zwar noch eine halbe Marzipanrolle in der Hosentasche, aber von den Dingern kann ich nicht genug kriegen.

»Halt!«

Ich zucke zusammen und schreie vor Schreck laut auf. Jemand hat seine Hand in meine Schulter gekrallt. Die andere legt sich hart auf meinen Mund.

Wegen einer dämlichen Marzipanrolle? Das darf doch nicht wahr sein! Ich bin unfähig mich zu rühren.
Die Hand auf meinem Mund riecht nach Erde oder so. Es ist Andreas, wetten? Der Punk muss hinter der Tür gestanden haben, als ich hereinkam.
Falsch gedacht.
Andreas steckt seinen bunten Kopf zur Terrassentür herein. »He, Tom! Alles in Ordnung?«
»Alles in Ordnung«, sagt der Neffe von Frau Sichtermann, nimmt seine Hand von meinem Mund, schiebt mich in die Zimmermitte und lacht schallend. »Der Kleine ist bloß unbefugt in die Räume meiner Tante eingedrungen.«
»Soso, Tom! Du betrittst unerlaubt Räume?« Andreas droht mir mit dem Finger und grinst.
Ich lege die Marzipanrolle auf die Schale zurück, hoffe, dass der Punk nicht verrät, dass ich schon eine in der Hosentasche habe, und stottere: »Ich, äh, ich wollte nur mal sehen, ob noch alles am Platz ist. Es gibt nämlich Menschen, die wollen alten Menschen Möbel abnehmen.«
»Und? Ist noch alles am Platz?«
»Hm.«
»Na, fein.« Andreas geht zur Haustür. »Ich hab gleich Feierabend. Muss nur noch schnell die Blumenkästen mit der Erde von den Stiefmütterchen

fortbringen.« Er nimmt den Kasten von Frau Sichtermanns Fensterbrett. Weg ist er.
»Du wolltest hinter mir herspionieren.« Wolfgang Sichtermann schaut aus dem Fenster, dreht sich zu mir herum und sieht mich scharf an.
»Nein, wieso denn? Sie haben doch nichts verbrochen, oder?«
»Selbstverständlich nicht.« Er lacht, nimmt die Hand von meiner Schulter und wischt sich mit einem weißen Taschentuch den Schweiß von der Stirn. Das Taschentuch ist schmutzig.
Als ich mich darüber wundere, weil er doch sonst immer so tipptopp ausschaut, kommen Cocker, Frau Sichtermann und Oma Wilhelmine zurück.
Cocker stellt sich vor den Kühlschrank, wedelt mit dem Schwanz, bellt und sagt: »Gibt's in diesem miesen Schuppen eigentlich nichts zu fressen?«
»Mensch Meier, ich glaube, Cocker hat schon wieder Hunger.« Oma öffnet den Kühlschrank, holt eine Dose Hundefutter heraus und sagt: »Bist ganz schön verwöhnt, Cocker. Das ist schon die zweite Portion heute. Du hättest dir ein reicheres Frauchen suchen sollen mit deiner guten Nase.«
»Geld ist nicht alles«, brummt Cocker.

Ich rufe: »Keiner rührt sich von der Stelle!«, weil Schmuck verschwunden ist

Andreas hat die Blumenkästen mit den verwelkten Stiefmütterchen fortgebracht und neue mit feuerroten Geranien auf die Fensterbänke gestellt. »Na? Geht's wieder, Tom?« Er klopft mir auf die Schulter. »Meine Güte, hatte der Sichtermann dich in der Zange. Hattest Schiss, was?«
Ich nicke.
»Mach dir nichts draus. Der Typ hat irgendwie durchgedreht. Vielleicht hat er Probleme im Beruf oder so. Manche Menschen lassen ihren Ärger dann an Unschuldigen aus.« Er hockt sich neben Cocker, streichelt ihn und fragt: »Feines Fresschen, was?«
»Scheißdosenfutter«, bellt Cocker.
»Wie schön, dass es dir schmeckt«, sagt der Punk.
»Immer diese Missverständnisse!«, stöhnt Cocker.
»Er findet sein Fresschen nicht fein, sondern grässlich«, sage ich.
»Ach was.« Andreas lacht und glaubt es nicht.
»Gut, dass mich hier wenigstens ein Mensch ver-

steht«, sagt Cocker und schüttelt sich, dass die langen Schlappohren fliegen.
»Halt! Igittigitt!« Oma bringt einen nassen Lappen und erklärt: »Cocker hängt immer seine langen Ohren ins Futter und schlackert die Reste hinterher in die Gegend.« Schon will sie sich an die Schlappohren heranmachen.
»Nichts da! Sag der Lappenschwingerin, sie soll mir vom Leib bleiben!«, knurrt Cocker und schnappt nach dem Tuch. Oma Wilhelmine und er kämpfen darum.
Ich sage: »Lass das, Oma. Das mag er nicht.«
»Meinst du, das sehe ich nicht?« Oma geht in die Knie, klemmt sich den knurrenden Cocker unter den Arm, schnappt sich seine Ohren und reibt. »Was sein muss, muss sein.«
Ich lache und sage: »Bei Oma Wilhelmine ziehst du den Kürzeren, Cocker. Mir hat sie die Ohren auch immer zwangsgewaschen, als sie noch bei uns wohnte.«
Alle lachen.
Der Neffe von Frau Sichtermann kommt aus dem Appartement seiner Tante. Er trocknet seine Hände mit einem blütenweißen Handtuch ab und geht auf Andreas zu. »Verzeihung, was machen Sie mit der alten Gartenerde aus dem Blumenkasten, in dem die Stiefmütterchen waren?«, will er von ihm wissen.

»Ich verteile sie gleichmäßig unter den Sträuchern und im Gewächshaus auf den Frühbeeten. Wohl Hobbygärtner, was?« Eine Antwort wartet der Punk nicht ab. »Feierabend! Tschüs. Bis morgen!« Er tätschelt Cocker zum Abschied, steigt kurz darauf auf sein klappriges Fahrrad und ruft lachend über seine Schulter zurück: »Toi, toi, toi, für Cocker & Co., Detektivbüro! Auf dass das Geschäft blühe, wachse und gedeihe.«

»Bloß nicht!«, brummelt Cocker vor sich hin. »Zu viel Arbeit ist ungesund.« Er gähnt laut, legt sich wieder unter den Couchtisch und schläft ein.

Den ganzen Rummel, der dann folgt, verpennt er.

»Bis bald, Tantchen«, sagt Wolfgang Sichtermann und küsst Frau Sichtermann zum Abschied auf die Wange.

»Auf Wiedersehn, mein Junge.«

Er geht zu Oma Wilhelmine. »Auf Wiedersehn, gnädige Frau.« Eine tiefe Verbeugung über Omas Hand, schon richtet er sich wieder auf, legt mir seine Hand auf die Schulter und sagt: »Nichts für ungut, Tom. Ich wollte dich vorhin nicht erschrecken. Beim nächsten Mal fährst du mal wieder ein Stück in meinem Wagen mit, ja?«

»Mal sehn.« Ich überlege, ob er mit der gnädigen Frau Oma Wilhelmine gemeint hat.

Die sieht ihm nach, wie er in seinen roten Sportwa-

gen steigt und davonbraust. »Höflich ist er ja, Ihr Neffe, dagegen kann man nichts sagen«, sagt sie.
»Ja, höflich ist er.« Frau Sichtermann strahlt.
Eine Stunde später sitzt sie weinend auf Oma Wilhelmines Couch. »Meine Broschen, meine Ringe und meine Kette mit dem Medaillon sind weg«, jammert sie. »Ein wertvoller, alter Familienschmuck.«
»Wo bewahren Sie ihn auf?«
»In einem Geheimfach meines Schreibtisches. Jemand hat es entdeckt und aufgebrochen.«
»Die Heimleiterin muss her!« Oma Wilhelmine geht zum Telefon.
Frau Küppersberg kommt und mit ihr Corinna. Die zieht sich mal wieder ihre Zöpfe durch den Mund.
»Wir müssen die Polizei alarmieren«, sagt Corinnas Mutter und macht es auch schon.
Ich stelle mich mit weit ausgebreiteten Armen in die Tür und rufe: »Keiner rührt sich von der Stelle!«
So machen sie es immer in Krimis. Pech. Es sind außer mir nur Corinna, ihre Mutter, Frau Sichtermann und Oma Wilhelmine im Zimmer. Lauter Unverdächtige. Oder?
Kurz darauf fährt ein Polizeiwagen vor. Ein Polizist steigt aus. Polizeihauptwachtmeister Krause ist mittelgroß, er hat ein rotes Gesicht und dunkles Haar mit grauen Schläfen. Seine Uniform spannt etwas über dem Bauch.

Oma Wilhelmine lässt sich seine Dienstmarke zeigen und führt ihn in das Appartement von Frau Sichtermann.
Die sitzt im Sessel und weint.

»Was? Die Terrassentür stand offen?« Der Polizist fasst es nicht. »Das ist eine Einladung an die Einbrecher. Die sind inzwischen bestimmt über alle Berge.« Er pinselt den Schreibtisch und die Geheimfächer sorgfältig mit Puder ein, klebt durchsichtige Folie darüber und zieht sie vorsichtig wieder ab. Das muss er mir nicht erklären. Das kenne ich. In den Krimis im Fernsehen suchen sie so nach Fingerabdrücken. Bei denen

geht das aber viel schneller, weil der Film ja weitergehen muss.
Und wenn er nun meine Abdrücke findet?
»Das waren anscheinend Profis. Die haben alles fein säuberlich abgewischt. Wenn euch irgendetwas verdächtig vorkommt«, sagt der Beamte nach einer Stunde zu Corinna und mir, »meldet euch, ja?«
Ich lege meine Hand aufs Herz und sage mit Lolli im Mund: »Ich verspreche es, so wahr mir Gott helfe.«
Der Beamte lacht und geht ins Nebenzimmer.
Der nimmt seinen Beruf und mich nicht ernst genug, finde ich. Dieser Kommissar Krause hätte mich nur mal zu fragen brauchen, wen ich verdächtige, und falls ich stumm geblieben wäre, hartes Verhör unter grellem Lampenlicht oder so. Selbst schuld, wenn er nichts von den Motorradfahrern erfährt und von diesem Peschek, der ihnen den Schmuck vielleicht abnehmen wird, aber keine gute Adresse mehr ist. Was das wohl zu bedeuten hat?
»Wetten, das war der Punk«, sagt Frau Sichtermann. »Wie der immer aussieht. Von solchen Typen hört man ja allerhand.«
»Ach was.« Oma Wilhelmine schüttelt den Kopf. »Andreas war es nicht.«

Polizeihauptwachtmeister Krause hat gute Ohren. Er kommt aus dem Nebenzimmer herüber und schreibt sich die Adresse von Andreas auf.

»Unser Punk ist grundanständig«, sagt Frau Küppersberg. »Als er zum ersten Mal zu mir kam, habe ich natürlich einen Schrecken bekommen. Die Punk-Klamotten und so. Dabei ist Andreas der netteste Gärtner, den wir je hatten. Abgesehen davon, dass er sehr kräftig ist und gut zupacken kann, muss ich ihm nie sagen, wo es etwas zu tun gibt. Er sieht es. Er hat seine Augen überall.«

»Und seine Hände«, sagt Frau Sichtermann. »Wetten, er ist mit meinem Schmuck längst über alle Berge.«

»Nun mal langsam«, sagt Oma Wilhelmine. »Es könnte genauso gut Ihr Neffe gewesen sein.«

»Na klar«, fällt mir ein. »Der war eine Weile ganz alleine in Ihrer Wohnung.«

Nun will der Polizist auch noch die Adresse des Neffen von Frau Sichtermann haben.

Die gibt sie ihm unter Protest. »Also, das ist doch die Höhe. Mein Neffe hat keinen Grund mich zu bestehlen. Er erbt sowieso mal alles«, sagt Frau Sichtermann. »Sag mal, woher weißt du das überhaupt?«

»Was?«

»Dass mein Neffe alleine in meiner Wohnung war.«

»Also, ich bin in Ihre Wohnung gestürzt, da hat er mir plötzlich seine Hände auf die Schulter gelegt und gefragt, was ich in Ihrer Wohnung suche.«
»Eine berechtigte Frage«, findet Frau Sichtermann. »Oder war das, als ich dich nach dem Hundebuch geschickt habe?«
Ich schüttele den Kopf. »Nein, vorhin, als alle mit Cocker unterwegs waren.«
Frau Sichtermann zeigt auf mich. »Das Bürschchen hat es faustdick hinter den Ohren, Herr Wachtmeister. Die Sache mit Cocker & Co., Detektivbüro, kam mir gleich verdächtig vor. Daher weht also der Wind. Wir beschäftigen uns draußen mit diesem Cocker, suchen einen passenden Baum für den Wunderhund und unterdessen hat dieser kleine Langfinger freies Spiel. Könnte doch sein, oder?«
Sie wird unsicher, weint und zupft an ihrem Taschentuch herum.
»Ich glaube, Sie tun dem Jungen Unrecht. Aber zu Ihrer Beruhigung schaue ich mir gleich mal seinen Hosentascheninhalt an«, sagt der Beamte. »Ist dir doch recht, ja?«
Ich ziehe den Kopf ein. Mein Herz hämmert und ich sehe Oma Wilhelmine an.
»Mein Enkel stiehlt nicht«, sagt die. »Für den lege ich meine Hand ins Feuer. Und wenn Sie, Frau Sichtermann, meinen, es sei ein abgekartetes Spiel

gewesen, dann verdächtigen Sie ja alle Mitglieder von Cocker & Co., also auch Corinna und mich.«
»Ich kann Schmuck nicht ausstehen«, sagt Corinna.
»Nichts für ungut, aber die Sache mit dem Detektivbüro war ja wohl auch mehr Ihre Idee, liebe Frau Bold«, sagt Frau Sichtermann und drückt dem Polizeihauptwachtmeister einen der pinkfarbenen Reklamezettel in die Hand. »Hier! Lesen Sie!«
Der Beamte vertieft sich darin.
Frau Küppersberg wird gerufen und geht hinaus. Eine alte Frau soll Magenkrämpfe haben.
Alle sind für einen Moment abgelenkt. Das ist die Gelegenheit! Jetzt muss die Marzipanrolle dran glauben. Raus aus der Hosentasche. Schnell in den Mund damit! Ich kaue zu hastig, verschlucke mich und muss husten. Ein Stück Marzipanrolle fliegt in hohem Bogen auf den Fußboden.
Cocker schnuppert, schiebt sich mit geschlossenen Augen heran und schleckt das Beweisstück vom Boden auf. Ein Glück!
Der Polizist hat den Handzettel aufmerksam gelesen, faltet ihn zusammen, steckt ihn in die Jackentasche und betrachtet kopfschüttelnd den verschlafenen Cocker. »Der soll ein Spürhund sein und verschwundene Gegenstände finden?« Er lacht und dann bin ich dran.

Während ich meine Taschen ausleere, nehme ich mir vor nie wieder etwas mitgehen zu lassen, das anderen gehört. Oma hätte sich ganz schön die Finger verbrannt. Ich meine, wenn sie wirklich für mich die Hände ins Feuer gelegt hätte.
»Mensch, Jungchen! Lauter wertvolle Sachen. Kannst sie wieder einstecken.« Polizeihauptwachtmeister Krause gibt mir schmunzelnd zwölf Lollis, einen Nagel, zwei Pfennig, drei Knöpfe und ein Gummiband zurück. Dann entschuldigt er sich. »Ich wollte nur den Verdacht ausräumen, verstehst du, Tom?«
Na klar. Ich bin ja nicht blöd, und als dieser Krause sich kurz darauf verabschiedet, überlege ich einen Augenblick lang, ob ich ihm von den Motorradfahrern erzählen soll. Die haben ja schließlich gesagt, dass sie einer alten Dame in Haus B im Erdgeschoss etwas Altes abnehmen wollen. Nein. Das behalte ich für mich. Als ich meinen Hosentascheninhalt ausleeren musste, ist mir die Lust auf die Wahrheit und nichts als die Wahrheit vergangen. Die Motorradfahrer sind und bleiben mein Geheimnis. Tom Bold kann schweigen.

Wie ich Oma Wilhelmine auch noch zulaufe und überlege, woher Cocker den Ruf der Clowns aus dem Zirkus kennt

Frau Küppersberg kommt zurück. Die Magenkrämpfe waren nur ein Vorwand. Eine der alten Frauen im Heim hat sich allein gefühlt und wollte mal mit jemandem reden.
Das Telefon klingelt.
Oma Wilhelmine geht ran. »Hier Cocker & Co., Detektivbüro.« Sie winkt, dass ich zum Telefon kommen soll, und hält mir den Hörer mit ans Ohr. Mama ruft von zu Hause aus an. »Detektivbüro?« Sie nimmt zuerst an, sie hätte sich verwählt. Dann will sie wissen, ob ich eine Nacht und einen Tag lang bei Oma bleiben könnte. Papa und sie wollen mit Freunden irgendwo irgendwas feiern. Ich wäre sonst alleine zu Hause.
Typisch Mama und Papa. Mal hü, mal hott. Zuerst sagen sie, dass wir Oma Wilhelmine im Seniorenheim nicht besuchen würden, und dann soll ich bei ihr übernachten.

»Na klar, Tom kann hier schlafen. Wird schon niemand etwas dagegen haben.« Oma wünscht Mama und Papa viel Vergnügen und legt auf.
Ob ich einverstanden bin, danach fragt niemand. Die Couch bei Oma Wilhelmine ist knochenhart und hat eine Kuhle.
Frau Küppersberg räuspert sich und fragt: »Läuft Ihnen jetzt auch noch Ihr Enkel zu, Frau Bold?«
»Ja. Was dagegen?«
»Und ob. Das geht zu weit. Sie hätten vorher fragen müssen. Kinder gehören nachts nicht in ein Seniorenheim.«
»Hier schläft doch auch Corinna«, sagt Oma Wilhelmine und stellt sich vor mich hin. »Ist Corinna etwa kein Kind?«
»Doch, schon. Aber sie ist mein Kind. Das ist etwas anderes. Ich bin hier angestellt und habe

meine Wohnung im Heimgelände.« Frau Küppersberg legt ihren Arm um Corinna. »Ich muss auch nachts erreichbar sein. Es kann ja immer mal was sein. Zum Beispiel: Jemand hat einen Herzanfall, ein Heimbewohner fällt aus dem Bett, ein anderer wandert im Haus umher. Ich bin nicht nur Heimleiterin, sondern auch ausgebildete Krankenschwester.«

Corinna stößt ihre Mutter an: »Ist doch nur für eine Nacht. Und morgen früh gehe ich zusammen mit Tom in die Schule. Sonst muss ich immer alleine gehen.«

»Na schön. Tom kann bleiben. Aber den Cocker können Sie nicht behalten, Frau Bold. Der Trick mit dem ›Suchbüro‹ ist ja ganz witzig, nur - auf Dauer zieht der nicht. Außerdem: Der Hund muss doch jemandem gehören! Er wird bestimmt vermisst.«

»Gehörst du jemandem?«, fragt Corinna.

Cocker hebt den Kopf und sagt: »Noch nie was von dem Spruch ›stolz wie ein Spaniel‹ gehört, was? Ich gehöre mir. Wo es mir gefällt, da bleibe ich. He, hopp, basta!«

Während ich darüber nachgrübele, woher ich den Ruf »He, hopp, basta!« kenne, sage ich ganz in Gedanken: »Das heißt ›stolz wie ein Spanier‹, Cocker!«

»Was hast du zu Cocker gesagt, Tom?« Corinna vergisst vor lauter Staunen sich ihre Zöpfe durch den Mund zu ziehen.
Die Klette soll mich jetzt bloß nicht mit Fragen löchern. Keine Zeit für Erklärungen. Das »He, hopp, basta!« wirbelt in meinem Kopf herum wie bunte Wäsche hinter dem Bullauge einer Waschmaschine. He, hopp, basta! - He, hopp, basta! - He, hopp, basta! - Na klar! He, hopp, basta! Ich hab's! Der Zirkus!
Und woher kennt Cocker den Ruf der Clowns aus dem Zirkus? Egal. Plötzlich weiß ich nämlich, woher ich die Stimmen der Motorradfahrer kannte. Die Clowns! Zu ihnen gehörten die Stimmen. Sie haben während der Vorstellung immer »He, hopp, basta!« gerufen. Ihre Gesichter konnte ich selbst während der Tierschau nicht sehen. Sie waren dick geschminkt, trugen Perücken und rote Knubbelnasen. Zum Glück habe ich sie auch mal ohne Schminke gesehen. Als ich nämlich auf dem Festplatz hinter der Buchenhecke lag. Die Clowns aus dem Zirkus haben den Schmuck von Frau Sichtermann. Das steht jetzt für mich fest.
Ich frage Oma Wilhelmine: »Weißt du, wo der Zirkus von neulich jetzt ist?«
»Keine Ahnung.«
»Morgen schlägt er seine Zelte in Zerbelshausen

auf«, sagt Frau Küppersberg. »Auf einer Wiese am Fluss. Es stand im Gemeindeblatt.« Und dann rennt sie wieder los, weil jemand auf der Terrasse steht und ruft, dass sich in Haus A drei Frauen streiten.

»Warum wolltest du das wissen, Tom?«, fragt Corinna und sieht mich lauernd an.

»Was?«

»Wo der Zirkus jetzt ist.«

»Och, nur so«, sage ich und denke: Ich, Tom Bold, werde den Schmuckdieben das Handwerk legen. Miri wird staunen.

Corinna und ich fragen wildfremde Menschen, ob sie einen Vogel hätten

Und jetzt?«, fragt Oma Wilhelmine.
»Jetzt suchen wir den Vogel von Frau Scholz«, sagt Corinna und steht auch schon auf.
»Oh nein«, stöhne ich. »Ohne mich.« Da ist man in Gedanken schon echten Ganoven auf der Spur und soll sich um dämliche Papageien kümmern.
»Du machst mit!«, sagt Oma Wilhelmine. »Ohne Mühe kein Finderlohn und schließlich müssen wir ja beweisen, dass Cocker & Co. keine Scheinfirma zum Verdecken strafbarer Handlungen ist.« Sie sieht Frau Sichtermann streng an.
Die wird knallrot und entschuldigt sich. »Mein Schmuck, der Verlust! Ich war völlig außer mir. Ich habe es nicht so gemeint, Frau Bold.«
»Schon gut.« Oma Wilhelmine nimmt die Entschuldigung an.
»Apropos Vogel«, sagt Frau Sichtermann und schmunzelt. »In den beiden Altbauten auf der an-

deren Seite der Straße soll seit einiger Zeit ein Vogel kreischen. Ich hörte das von einer Frau, die dort wohnt. Niemand weiß, in welcher der Wohnungen das Tier gehalten wird. Die Gebäude haben fünf Stockwerke. Und auf jedem Stockwerk befinden sich drei Wohnungen. Dann mal los!«

»Ins rechte Haus gehe ich nicht. Da wohnt Miriam Podlowski«, sagt Corinna. »Mit der hab ich im Augenblick Krach.«

»Ich kann Treppensteigen nicht ausstehn«, sagt Cocker und verkriecht sich unter dem Couchtisch.

»Mein Bein ist heute besonders dick«, sagt Oma Wilhelmine. »Ich glaube, ich sollte es hochlegen.«

Ich sehe Corinna an.

»Tja«, sagt die mit breitem Grinsen. »Das wird dann wohl ein Fall für zwei.«

»Du gehst mit?«

»Na klar. Was hast du denn gedacht? Es ist schon spät. Zwei Häuser schaffen wir heute sowieso nicht mehr. Wir fangen mit dem Erdgeschoss im linken Haus an. Achtung, fertig, los!«

Wir rennen hinaus und streiten uns auf dem ganzen Weg. Ich möchte unheimlich gerne im rechten Haus anfangen und zuerst bei Miri anklingeln. Ich werde nämlich das Gefühl nicht los, dass die Klette weiß, wo der Vogel ist. Vielleicht hat das sogar etwas mit Miri zu tun.

Corinna klingelt im linken Haus, Erdgeschoss rechts, bei Erwin Fritsch.
Ein alter Mann öffnet die Tür und ich frage höflich: »Verzeihung, haben Sie vielleicht einen Vogel?«
»Frechheit!« Der Mann schlägt uns die Tür vor der Nase zu.
»Dieser Fritsch hat gedacht, du wolltest ihn auf den Arm nehmen.« Corinna lacht und klingelt nebenan bei Maders.
Schlurfeschritte. Die Tür wird nur einen Spaltbreit geöffnet. Hinter dem Spalt eine dicke Sicherheitskette und hinter der Kette ein grimmiges Gesicht.
»Verzeihung, haben Sie einen Vogel?«
»Was Besseres fällt euch wohl nicht ein, was?« Das war eine Frauenstimme.
»Entschuldigung. Wir wollen Sie nicht ärgern«, sagt Corinna schnell und schiebt ihren Fuß zwischen Türrahmen und Tür. »Wir suchen bloß einen ewig kreischenden Vogel.«
»Prima. Meldet euch bei mir, sobald ihr ihn gefunden habt. Dann stopfe ich dem elenden Schreihals eigenhändig den Schnabel. Der bringt mich an jedem Sonntagmorgen um meinen Schlaf.« Peng, Tür zu.
Jetzt lache ich.
Corinna hat gerade noch rechtzeitig ihren Fuß zurückziehen können und klingelt ziemlich wütend

bei Amanda Geiselbrecht. Ihr Name steht an der mittleren Wohnung im Erdgeschoss. Als die Tür von einer sehr alten Frau geöffnet wird, frage ich schnell: »Verzeihung. Haben Sie Vögel?«

»Nein, aber Mäuse. Euch schickt der Himmel, Kinder. Kommt herein!« Frau Geiselbrecht reißt die Tür weit auf und geht mit kleinen, unsicheren Schritten ins Wohnzimmer.

Wir folgen ihr und berichten von dem kreischenden Vogel.

Frau Geiselbrecht setzt sich schwerfällig auf ihre Couch. »Von einem kreischenden Vogel weiß ich nichts. Aber könntet ihr bitte mal nachsehen, ob eine Maus in der Mausefalle ist? Der Hausverwalter hat in aller Frühe überall im Erdgeschoss Fallen mit Speck aufgestellt. In meiner Wohnung steht sie in der Speisekammer auf dem Fußboden rechts.« Sie zeigt mit zittriger Hand auf eine Tür. »Ich könnte es nicht ertragen, die tote Maus zu sehen.«

»Mögen Sie etwa Mäuse?« Ich schüttele mich.

»Wie bitte? Ich höre schlecht.« Frau Geiselbrecht hält sich eine Hand ans Ohr.

»Tom kann Mäuse nicht leiden«, brüllt Corinna.

»Und du?« Frau Geiselbrecht sieht die Klette fragend an.

Die zuckt die Achseln, geht los und öffnet mit weit vorgestrecktem Arm die Speisekammertür. »Keine

Maus in der Falle«, ruft sie. »Aber der Speck ist weg. Weggefressen.«
»Ein Glück. Ja, ja, das sind schlaue Tierchen.« Frau Geiselbrecht verrät uns, dass sie seit dem Tod ihres Mannes sehr einsam ist. »Im Nachbarhaus sind Haustiere erlaubt, in unserem Haus leider nicht. Es steht im Mietvertrag. Ich habe aber trotzdem welche.« Sie lacht schelmisch. »Psst! Nicht verraten! Abends, wenn ich fernsehe, kommen immer zwei Mäuse.« Sie kichert. »In der Ecke dort hinter der Fußleiste schlüpfen sie hervor. Ganz pünktlich. Um 20.15 Uhr, zur Tagesschauzeit. Wenn ihr noch zehn Minuten Zeit habt, könnt ihr sie sehen.« Sie setzt sich in den großen Ohrensessel vor dem Fernseher und wir hocken uns auf den Fußboden. Ich halte mir meine Jeanshosenbeine zu. Man weiß ja nie. Mäuse sind flink.
Die Mäuse kommen pünktlich, putzen sich, lassen sich füttern und sind überhaupt nicht ängstlich.
Corinna sieht auf die Uhr. »Komm, Tom, wir müssen weiter. Auf Wiedersehn, Frau Geiselbrecht.«
Die Mäuse huschen hinter die Fußleiste.
»Auf Wiedersehn, Kinder! Und vielen Dank! Kommt doch mal wieder!«

Miri soll einen großen Vogelkäfig ins Haus geschleppt haben

Überraschung! Als wir aus der Haustür treten, stehen Frau Küppersberg und Oma Wilhelmine mit Cocker vor uns und eine junge Frau mit kurzen Haaren stellt genau neben mir ihre schweren Einkaufstaschen ab.

»Ihr müsst ins Bett. Wir wollen euch abholen«, sagt Corinnas Mutter.

»Verzeihung, wohnen Sie hier?«, frage ich die junge Frau mit den Taschen.

»Ja. Im ersten Stock. Warum?«

»Haben Sie vielleicht einen Vogel?«

»Na klar, und was für eenen.« Die junge Frau sieht mich grimmig an.

Oma Wilhelmine schmunzelt.

Frau Küppersberg wird rot und sagt: »Entschuldigen Sie bitte, der Junge meint es nicht so.«

»Ne, ne, schon jut. Ick hab wirklich 'nen Vojel. Total verrückt.« Die Rothaarige grinst und tippt sich mit dem Zeigefinger an die Stirn. »Ick hätte in

Berlin bleiben sollen.« Sie sieht auf mich herab. »Sag mal, Kleener, warste schon immer so kahl oder haste dich selbst so verschandelt?«
»Das hat er ganz alleine aus Liebe gemacht«, sagt die Klette und legt ihren Arm um meine Schultern.
»Ja, ja, die Liebe«, sagt die junge Frau mit Blick auf Corinna und mich. »Freut euch, dass ihr euch mögt.«
»Wir mögen uns nicht«, sage ich und schiebe Corinnas Arm von meiner Schulter.
»Stimmt«, schreit mich die Klette an. »Du bist wahnsinnig eingebildet, Tom Bold, und dümmer als . . .«
»Als die Polizei erlaubt?«, fragt die junge Frau.
»Genau!« Corinna zieht sich mit der einen Hand einen Zopf durch den Mund und wischt sich mit der anderen über die Augen.
Die Frau aus Berlin legt einen Arm um Corinna, sieht mich vorwurfsvoll an und sagt: »Knöpfe auf den Augen, was?«
Bevor ich fragen kann, was sie damit meint, sagt Oma Wilhelmine: »Wir wollen bloß einer alten Dame helfen, der ein Papagei entflogen ist.«
»Fehlanzeije. Mit echten Vöjeln hab ick nischt am Hut. Höchstens mit schräjen Vöjeln. Mein Freund war so eener. Hat mich zum Umzug überredet und sich dann ausm Staub jemacht.« Sie hebt ihre Ta-

schen auf, geht ins Haus und ruft über ihre Schulter zurück. »Was diesen entflojenen Papagei anjeht, fragt doch mal im Nachbarhaus, Parterre rechts, bei Podlowskis. Die Kleene hat neulich ’nen Riesenvojelkäfig ins Haus jeschleppt.«

»Danke«, sagt Oma Wilhelmine und geht auch schon los.

Corinna wird rot und rennt ihr nach. »Halt, Frau Bold! Bitte nicht bei Podlowskis klingeln! Miri zerreißt mich in der Luft. Sie hat sich schon heute Morgen auf mich gestürzt. Und warum? Bloß weil ich Tom von diesem Vogel mit dem kahlen Hals und dem kahlen Bauch erzählt hab, der irgendwem zugelaufen ist.«

Aha! Jetzt kommt es heraus. Miri hat den Vogel. Deshalb haben sich die Mädchen gekloppt. Während Oma Wilhelmine noch überlegt, drängele ich mich an ihr vorbei und klingele.

Corinna versteckt sich hinter einem Wandvorsprung.

Mein Herz klopft bis zum Hals: Miri! Miri! Miri!

Miris Mutter öffnet die Tür. »Meine Güte, Tom. Was hat man mit deinen Haaren gemacht?«

»Ist Ihrer Miri ein Vogel zugeflogen?«, fragt Oma Wilhelmine schnell.

»Nein, zugeflogen ist er ihr nicht. Über den Weg gelaufen ist er ihr. Hier vor dem Haus. Gutmütig, wie sie ist, hat sie ihn mitgenommen. Sie liebt ihn.

Dabei sieht er aus wie ein Geier. Kahler Hals und so.« Frau Podlowski starrt mich an, streicht sich übers Haar und sagt: »Ich rufe wohl besser Miri.«
»Welche Farbe hat der Vogel?« Das muss ich genau wissen. Und zwar bevor Miri auftaucht.
»Welche Farbe? Keine Ahnung. Wenn ich den Papagei sehe, sehe ich rot«, sagt Frau Podlowski. »Und wenn der Vogel meinen Mann oder mich sieht, flattert er im Käfig umher und schreit, als ob es um sein Leben ginge. Wir zwei halten uns möglichst von ihm fern. Miri mag er. Bei ihr ist er friedlich. Vielleicht gewöhne ich mich ja noch an das Tier und das Tier sich an mich.« Sie winkt uns näher heran und flüstert: »Im Vertrauen, die Nachbarn regen sich schon auf. Sein Kreischen ist wirklich durchdringend. Lieber wäre mir, wenn sich jemand melden würde, dem der Vogel gehört.«
Oma Wilhelmine räuspert sich und spricht ebenfalls leise. »Vielleicht können wir Ihnen helfen, Frau Podlowski. Eine Frau Scholz aus dem Hochhaus am Ende der Straße sucht ihren Papagei. Er heißt Lora.«
»Auf, auf, ihr Leisetreter! Sehen wir uns das gerupfte Urwaldhuhn doch einfach mal an«, sagt Cocker langsam und schleppend und schiebt auch schon los.
»Nein. Nicht reinlassen, Mama!« Miri steht plötzlich in der Tür, versucht sie zu schließen und klemmt

Cocker ein. »Mein Papagei mag keine Fremden«, schluchzt sie. »Er ist wahnsinnig empfindlich.«
»Und ich erst. Ich kann es überhaupt nicht leiden, wenn man mir auf die Pfoten tritt und mir eine Tür in die Rippen rammt«, knurrt Cocker.
»Entschuldigen Sie, dass ich Sie nicht hereinbitte«, sagt Frau Podlowski und öffnet die Tür gerade so viel, dass Cocker sich mit dem Hinterteil voran zurück in den Hausflur schieben kann. »Ich finde es nicht gut, wenn so viele fremde Menschen und ein aufdringlicher Hund den Vogel noch mehr verunsichern. Außerdem hat Miri ihn schon seit drei Wochen. Es kann also nicht der vermutlich gerade erst entflogene Papagei dieser Frau Scholz sein. Ich habe zu tun. Auf Wiedersehn.« Miris Mutter verschwindet in der dunklen Diele.
Miri sieht durch den Türspalt. Sie weint.
»Diese Lora wird schon länger vermisst«, sage ich. »Seit drei Wochen ungefähr.«
»Richtig«, sagt Corinna. »Und die Frau, der sie gehört, braucht sie unbedingt zurück, weil diese Lora nämlich ein Geschenk von ihren Kindern und ihren Enkelkindern ist.«
»Die Frau, ihre Kinder und ihre Enkelkinder können mich mal«, brüllt Miri ins Treppenhaus. »Mein Papagei heißt Nora, dass ihr's nur wisst. Und Nora ist nicht grün, sondern ... blau.« Peng. Die Tür ist zu.

Mensch, kann Miri schimpfen. Wer hätte das gedacht.
Eine Weile stehen wir unschlüssig herum.
»Kommt!«, sagt Oma Wilhelmine. »Es hat keinen Zweck, Wurzeln zu schlagen.«
»Aber mir scheint, wir sind an der richtigen Adresse«, sagt Frau Küppersberg. »Die Kleine hat versucht uns mit dem Namen Nora ein X für ein U vorzumachen.«
»Besser gesagt, ein N für ein L«, sagt Oma Wilhelmine und lacht.
»Das ist nicht zum Lachen. Miri hat Angst den Vogel zu verlieren«, jammert Corinna. »Wir müssen ihr helfen.«
»Morgen ist auch noch ein Tag! Auf, auf! Keine Müdigkeit vorschützen! Wir müssen nach Hause.« Oma zieht Cocker hoch. »Ich habe Frau Sichtermann versprochen ihr beim Schuhausziehen zu helfen und ihr müsst auch ins Bett.« Unterwegs wundert sich Oma, dass ich nicht protestiere. »Sonst willst du doch nie ins Bett, Tom.«
Diesmal will ich. Ausnahmsweise. Im Bett kann ich einen Plan machen, wie ich die Schmuckdiebe überführe. Schade, dass es ausgerechnet die Clowns waren. Die haben mir bei der Vorstellung am besten gefallen.

Wie Oma und ich beschließen den Schmuckdieben aufs Zeltdach zu steigen

Vor Haus B verabschiede ich mich flüchtig von Corinna und ihrer Mutter und gehe mit Oma Wilhelmine zu Frau Sichtermann.
Die sitzt in ihrem Ohrensessel vor dem laufenden Fernseher und schläft. Ihr Gebiss liegt auf der Fensterbank, die Zeitung mit dem Kreuzworträtsel hält sie noch in der Hand.
Oma Wilhelmine sagt leise: »Schlafenszeit!«
Frau Sichtermann wacht auf.
»Lass mal, Oma. Das mache ich.« Ich bücke mich, ziehe Frau Sichtermann die Schuhe aus und die Pantoffeln an. Das geht ruck, zuck.
Zum Dank bietet mir Frau Sichtermann Marzipanrollen an.
»Nein, danke.« Die kann ich echt nicht mehr sehen.
Ich renne rüber in Oma Wilhelmines Appartement, mache mir ein Wurstbrot, ziehe mich schnell aus und springe mit lautem »He, hopp, basta!« auf die Couch mit der Kuhle.

Cocker pennt schon unter dem Couchtisch. Er rührt sich nicht, obwohl ich auf der Couch herumhampele und Faxen mache.
Oma Wilhelmine kommt herein, drückt mir einen nassen Waschlappen in die Hand und nimmt mir die Brille von der Nase. Ich reibe mir flüchtig über das Gesicht. Dabei fällt mir der Spruch mit den Knöpfen auf den Augen ein. Ob Oma Wilhelmine weiß, was die Frau aus Berlin damit gemeint hat?
Oma schmunzelt und setzt sich zu mir auf die Couch. »Sie wollte damit sagen: ›Corinna ist ein sehr nettes Mädchen und du Dummkopf siehst nicht, dass sie dich mag.‹«
»Denkste«, sage ich. »Alle lachen über mich. Wegen der Glatze. Und Corinna konnte mich noch nie leiden.«
»Aha, und deshalb klebt sie an dir wie eine Klette.«
»Damit will sie mich bloß ärgern. Sie hat mir sogar die Lebensmittelfarbe für deinen Wackelpudding geklaut. Deshalb konnte ich dir keinen machen.«
Oma Wilhelmine drückt mich an sich. »Gib's zu, du liebst eine andere.«
Ich richte mich auf und balle die Faust. »Corinna hat dir von Miri erzählt.«
Oma Wilhelmine schüttelt den Kopf. »Das brauchte sie nicht. Schließlich war ich als Kind auch mal verliebt.«

»In Opa Eduard.«
»Nein, ich war in einen blonden Jungen aus meiner Klasse verschossen. Oder wie heißt das bei euch?«
»Du hast auf ihn gestanden.«
»Ja. Er hieß Franz und alle Mädchen liebten ihn. Er liebte dagegen nur eine.«
»Dich.«
»Leider nicht. Er liebte Böckmanns Klara. Ihre Eltern hatten ein Lebensmittelgeschäft und sie brachte ihm immer Bonbons mit. Schlaf gut, mein Junge.«
»Du auch. - Oma?«
»Ja?«
»Schön blöd, dieser Franz. Ich werde Mädchen nur so lieben. Nie wegen Bonbons. Und ich werde auch keinem Mädchen mehr etwas schenken, damit es mich mag. Ehrlich. Dich liebe ich auch nur so, Oma.«
»Na, ich weiß nicht. Als ich bei euch auszog, hab ich gedacht: Der Tom besucht mich bestimmt nicht im Heim. Bei mir ist ja nichts mehr zu holen.«
»Das hast du gedacht?«
»Ja. Aber wie du siehst, auch Großmütter können sich irren.« Oma Wilhelmine lacht, beugt sich zu mir herunter und drückt mich ganz fest.
Und plötzlich kann ich nicht anders. Ich verrate ihr die Sache mit den Motorradfahrern. »Etwas Altes

wollten sie mitnehmen«, flüstere ich. »Sie haben von einer alten Dame in Haus B gesprochen. Es waren die Clowns. Ganz bestimmt. Die Clowns haben den Schmuck.«

»Junge, das bildest du dir nur ein«, sagt Oma Wilhelmine und lacht. »Das wäre ja dann schon mehr als ein Zufall. Aber damit du beruhigt bist, fühlen wir denen morgen mal auf den Zahn. Bis Zerbelshausen ist es nicht allzu weit.«

»Und wenn die den Schmuck nicht freiwillig herausgeben?«

»Dann steigen wir ihnen aufs Dach, äh aufs Zelt.«

»Aber ohne Polizei. Sofort nach der Schule. Nur Cocker, du und ich«, murmele ich schon halb im Schlaf. »Corinna Küppersberg bleibt außen vor. Abgemacht?«

»Wenn ich nur wüsste, was du gegen Corinna hast«, sagt Oma Wilhelmine. »Ich mag sie sehr. Sie ist nicht so zickig wie Miri.«

Ich richte mich im Bett auf und brülle: »Nichts gegen Miri, verstanden? Und lass mich bloß mit der Küppersberg in Ruhe. Die hat eine feuchte Aussprache. Das kommt von der Zahnspange. Außerdem zieht sie sich immer ihre Zöpfe durch den Mund und kaut darauf herum. Wenn du wüsstest, wie das nervt!« Ich lasse mich völlig erschöpft ins Bett zurückfallen.

Oma Wilhelmine sieht mich kopfschüttelnd an.
»Und was sagt Corinna zu deiner neuen Frisur?«
»Nichts.«
»Sieh an! Und wie oft hast du schon Klette zu ihr gesagt?«
Ich drehe mich zur Wand. Darauf antworte ich lieber nicht.
»Corinna mag dich anscheinend, wie du bist«, sagt Oma Wilhelmine. »Morgen früh wirst du doch hoffentlich mit ihr zur Schule gehen.«
»Mal sehn.«

Polizisten jagen ein Gespenst und Corinna Küppersberg schenkt mir eine Sherlock-Holmes-Mütze und ein Vergrößerungsglas

Oma hat Recht, denke ich kurz vor dem Einschlafen. Die Klette hat nie über meine Glatze gemeckert, sie hat sie nicht mal erwähnt. Mensch, super! Wenn Corinna mich nämlich trotzdem mag, mag mich auch Miri noch. Klar! Das ist es! Ich könnte vor Freude in die Luft springen. Miri hat bloß schlechte Laune wegen der Sache mit dem Papagei. Warum bin ich nur nicht früher darauf gekommen? Manche Menschen lassen ihren Ärger an unschuldigen Menschen aus, hat der Punk gesagt. Andere stopfen aus Kummer unheimliche Mengen von Pudding in sich hinein. Wetten? Wenn die Sache mit dem Papagei geklärt ist, pfeift Miri auf die Kuchenkrümeltüten und auf Felix und Sven. Ich schlafe ein und träume, dass ich Miri aus einem reißenden Fluss rette. Dabei kann ich gar nicht schwimmen.

Als mir das im Traum einfällt, wache ich mit Herzklopfen auf und muss dringend zur Toilette. Ins Wohnzimmer zurückgekehrt, sehe ich ein wanderndes Licht im Garten und eine weiße Gestalt.
Cocker liegt vor der Terrassentür.
»He, Cocker!«, sage ich leise und rüttele ihn wach. »Da draußen ist wer.«
Frau Sichtermanns alte Standuhr beginnt zu schlagen.
»Mmmitternacht«, brummt Cocker. »Tot stellen!«
Tatsächlich! Zwölf Schläge. Geisterstunde. Uaaah! Ich klettere auf die Couch mit der Kuhle, ziehe mir die Bettdecke über den Kopf, höre irgendwann den Ruf »Halt! Stehen bleiben! Polizei!« und muss lachen. Die Polizei jagt Gespenster. Es gibt Sachen, die gibt es gar nicht.
Am nächsten Morgen nehme ich mir kaum Zeit fürs Frühstück. Bin mächtig gespannt, was Corinna sagt, wenn ich sie nach meiner Glatze frage. Ihre Antwort ist wahnsinnig wichtig für mich. Gleich weiß ich, ob Miri mich noch mag.
Corinna wartet schon vor Haus B, als ich mit der Schulmappe an der Hand aus dem Haus komme. »Guten Morgen, Tom. Hier, ich hab was für dich. Eine Sherlock-Holmes-Mütze vom letzten Karneval.«
»Hm.«

»Setzt du sie mal auf?«

»Nein.« Ich stecke sie in die Hosentasche.

»Na ja, macht nichts. Hier habe ich auch noch ein Vergrößerungsglas für dich. So etwas braucht jeder gute Detektiv. Du musst es immer bei dir tragen. Für alle Fälle, verstehst du?«

»Hm.« Es wandert auch in meine Hosentasche.

»Ist was?«

»Nein.«

Wir gehen schweigend nebeneinander her, bis wir im Schulgebäude sind. Alles klar. Die Klette kann den Anblick meiner Glatze nicht mehr ertragen, hat aber nicht gewagt es mir zu sagen.

»Guten Morgen, Glatze!«, schreien mir Felix und Sven entgegen.

Auch das noch!

Und was sagt Miri dazu? Nichts. Die beachtet mich gar nicht. Sie hat Sven und Felix versetzt und geht mit Corinna über den Gang. Arm in Arm. Tuschel, tuschel, tuschel. Mann, bin ich sauer. Ich höre leider nur Bruchstücke. »Cocker & Co.«, »Frau Scholz«, »Papagei«, »heute Abend«.

Lass sie tuscheln, denke ich und frage auf dem Heimweg Corinna: »War was mit Miri?«

»Nein, was soll sein?«

Da schreie ich sie an: »Wenn du denkst, ich hätte Bohnen in den Ohren, hast du dich geschnitten.

Und Zeit für diese Frau Scholz und ihren dämlichen Papagei hab ich erst recht nicht. Ich hab nämlich etwas sehr Gefährliches vor.«

»Weißt du, wo der Schmuck ist?« Corinna sieht mich neugierig an und zieht sich ihre Zöpfe durch den Mund.

»Ach was, wie kommst du denn darauf?«

Cocker fällt die Clowns an und Oma Wilhelmine erbringt eine olympiareife Leistung

Cocker, Oma Wilhelmine und ich ziehen sofort nach dem Mittagessen los. Wir machen den Umweg über den Festplatz. Es war meine Idee. Wegen der Klette. Es nützt nichts. Im Graben hinter der Buchenhecke lauert Corinna und sagt: »Nur damit das klar ist, Tom Bold. Ich gehöre auch zu Cocker & Co.«

»Die muss Hellseherin sein«, sage ich zu Oma.

»Nein, ist sie nicht«, sagt Oma Wilhelmine. »Weil du schon Andeutungen über unser Vorhaben gemacht hast, habe ich ihr Ort und Zeit genannt. Da staunst du, was?«

Und ob. Sag ich's doch. Weiber halten zusammen. Da kannst du als Junge nur hinterhergucken.

Corinna und Oma Wilhelmine lachen, haken sich unter, gehen vor mir her und singen: »Ein Hund lief um die Ecke und stahl dem Koch ein Ei, da nahm der Koch den Löffel und schlug den Hund zu Brei. Da kamen andre Hunde und gruben ihm ein Grab

und setzten drauf ein Denkmal, auf dem geschrieben stand: Ein Hund lief um die Ecke . . .«
Ich stöhne. Das Lied kenne ich. Es nimmt kein Ende.
»Scheißlied«, brummt Cocker.
Der alte Typ spricht mir manchmal echt aus der Seele. Ich bin mordswütend. Bloß weil Oma Wilhelmine und die Klette so ein dickes Ei sind, muss ich meinen Ruhm jetzt auch noch mit Corinna Küppersberg teilen. Ich sage auf dem ganzen Weg kein Wort. Das ist nicht einfach. Zerbelshausen ist nämlich ganz schön weit.
Im Ort sieht es so aus, als wüsste Cocker den Weg. Er trottet vor uns her und biegt plötzlich nach links ab.
»Das ist prima, Cocker«, sage ich. »Du hast den richtigen Riecher. Da geht es zum Fluss.«
Am Fluss treffen wir die Verbrecher, denke ich. Ich werde ihnen sagen: »Rückt den Schmuck von Frau Sichtermann heraus, ihr Banditen!« Diesmal werde nicht ich zittern, sondern sie.
Das Zirkuszelt! Es glänzt in der Sonne. Der Platz, auf dem es steht, ist von einem niedrigen Metallgitterzaun umstellt.
»Stehen bleiben! Wir tun so, als wären wir harmlose Zaungäste, und peilen erst mal die Lage«, flüstert Oma.
Vor dem Zelt stehen die Clowns und trainieren in

Maske und Kostüm. Sie fuchteln mit den riesigen Zauberstäben herum und rufen »He, hopp, basta!«
»Mensch, bin ich aufgeregt. Das sind sie, Cocker. Die schnappen wir uns gleich«, sage ich leise.
Cocker bellt wie wild und springt über den Zaun.
»Nein, Cocker! So war das nicht gemeint.« Verflixt. Das habe ich nicht gewollt. Cocker ist im Stande und zerfleischt die beiden. Er soll wenigstens den Großen verschonen. Schließlich hat er mir das Leben gerettet. »Halt, Cocker!«
Der hört nicht auf mich und fällt den kleinen Clown an.
»Halt! Nicht so stürmisch!«, ruft der.
Jetzt springt Cocker an dem großen Clown hoch. Der sieht zu mir herüber, lacht und ruft: »Hallo, Spitzel!«
Er hat mich wieder erkannt.
Hat der ein Gedächtnis!
Aus einem der Wohnwagen torkelt ein betrunkener Mann. Er hat schütteres, graues Haar, trägt eine weiße, schmuddelige Latzhose und schwingt einen Kochlöffel. »Bosko! Bei Fuß! Wirst du wohl, du Mistvieh?«
»Lass Bosko in Ruhe, Peschek!«, ruft der große Clown.
Und sein Kollege schimpft: »Schon wieder besoffen. Manche Menschen können den Hals nicht voll genug kriegen.«

Sieh an, denke ich. Dieser Betrunkene, das ist also dieser Peschek, der keine gute Adresse mehr ist.
»Wieso sagen die Bosko zu Cocker?«, fragt Corinna.
»Das wüsste ich auch gerne«, sagt Oma Wilhelmine.
Cocker winselt und schiebt sich, auf dem Bauch liegend, auf uns zu.
Der Betrunkene ruft zu uns herüber: »Der Sauhund verschwindet immer, wenn ich blau bin. Komm her, Bosko!« Er hebt den Kochlöffel.
»He! Augenblick mal!« Oma Wilhelmine nimmt Anlauf, springt mit einem gewaltigen Satz über den niedrigen Zaun und rennt diesen Peschek über den Haufen. »Unser Cocker wird nicht geschlagen, verstanden?«
Donnerwetter, die sportliche Leistung hätte ich Oma Wilhelmine nicht zugetraut. Ja, ihr Schmuckräuber, da staunt ihr, was? Meine Oma war Meisterin im Hochsprung!
Dieser Peschek liegt wie ein Maikäfer auf dem Rücken.
Die Clowns verneigen sich vor Oma, als ob sie eine Königin wäre.
Alles Theater!, denke ich. Das sind schwere Jungs. Die wollen von dem Schmuck ablenken.
Die Clowns erklären Oma Wilhelmine: »Wenn wir das Zirkuszelt aufbauen und Peschek zu tief in die Flasche sieht und gewalttätig wird, sucht sich Bos-

ko manchmal für einige Tage ein anderes Heim. Ein Altersheim war bis jetzt allerdings nicht darunter. Deshalb waren wir in Sorge.«
»Jetzt geht es der dickbeinigen Hupfdohle an den Kragen!« Dieser Peschek hat sich aufgerappelt und torkelt mit erhobenem Kochlöffel auf Oma Wilhelmine zu. »Bosko gehört mir, du Zimtzicke!«
Oma Wilhelmine weicht zurück. Jetzt steht sie wieder bei uns. Mit dem Rücken zum Zaun.
Cocker bellt.
Die Clowns halten den Betrunkenen fest.
Der schleudert den Kochlöffel in Cockers Richtung und sagt wütend: »Dann bleib doch, wo der Pfeffer wächst, du Mistvieh!«
Cocker winselt und drängt sich an unsere Beine.
»Peschek weiß im Moment nicht, was er sagt und tut«, entschuldigt ihn der große Clown und zerrt den stark schwankenden Mann in den Wohnwagen zurück.
»Der Hund ist Peschek vor einem Vierteljahr zugelaufen«, erklärt uns der kleine Clown. »Der Wirrkopf wollte eine Zirkusnummer mit Bosko zusammen machen. ›Der klügste Hund der Welt‹ sollte sie heißen. Peschek wollte dem Hund das Sprechen beibringen. Sprichwörter hat er ihm vorgekaut. Tag für Tag. Er behauptet sogar, Bosko hätte schon mal gesprochen. Ist natürlich das Hirngespinst eines Betrunkenen.«

Es beginnt zu regnen. Oma sieht sich nach uns um. »Und was macht dieser Peschek bei Ihnen, wenn er nicht gerade den starken Mann spielt?«
»Er ist unser Koch«, sagt der große Clown. »Ich hoffe, er gibt jetzt Ruhe und bleibt in seinem Wohnwagen.«
Koch? Ein Hehler ist der. Ich hab jetzt genug von dem Theater und rufe laut: »Her mit dem Schmuck!«
Die Clowns sehen mich überrascht an. »Schmuck? Ist irgendwo Schmuck verschwunden?«
»Ja, ja«, sagt Oma Wilhelmine. »Alter Familienschmuck von Frau Sichtermann. Das ist eine Nachbarin von mir in Haus B im Seniorenheim Sonnenschein.«
»Hast du gedacht, wir hätten über Schmuck geredet, als du uns hinter der Hecke auf dem Festplatz belauscht hast?«
Ich nicke.
»Nein, nein.« Der Mann lacht. »Es ging um Bosko. Wir wollten ihn aus dem Altersheim wegholen, weil wir dachten, da dürfte er nicht bleiben. Wir wollten sichergehen, dass der Hund nicht ins Tierheim kommt, aber auch nicht wieder zu Peschek zurück. Bekannte von uns hätten ihn vielleicht genommen. Wir haben den Schmuck nicht, Junge. Bei euch ist Bosko gut aufgehoben. Das haben wir bei unseren

heimlichen Besuchen festgestellt. Nehmt ihn wieder mit.«
»Und ob. Bei Ihrem Koch lasse ich Cocker auf keinen Fall«, sagt Oma Wilhelmine. »Ich hoffe, ich darf ihn behalten.«
»Und wenn nicht, darf er bei mir bleiben«, sagt Corinna. »Stell dir vor, Tom.« Sie reibt sich die Hände. »Mama hat heute Morgen gesagt, bei uns im Anbau hätte niemand etwas dagegen.«
Aber ich hab was dagegen. Der Klette gönne ich Cocker nicht.
Wir verabschieden uns von den Clowns und gehen los. Corinna umarmt Oma Wilhelmine. »Frau Bold, Ihr Sprung über den Zaun war super. Echt olympiaverdächtig. Ehrlich.«
»Mistwetter!«, sage ich und bin sauer, weil mir schon wieder was schief gegangen ist. Ich sollte vielleicht doch besser Clown werden. Wenn bei einem Clown etwas nicht klappt, ist das normal. Wenn einem Detektiv nichts gelingt, kann er einpacken.
»Tom, sei ein Kavalier, häng Corinna deine Windjacke um!«, sagt Oma.
»Wie? Was?« Ich tue so, als hätte ich nichts gehört. Da müsste ich ein Mädchen schon sehr mögen, um das zu tun.
»Ich brauch die dämliche Jacke nicht.« Corinna macht Riesenschritte.

»Augenblick, Corinna! Mit Cocker stimmt etwas nicht«, rufe ich.
»Mit dir stimmt etwas nicht, Tom Bold«, sagt Corinna und tippt sich mit dem Finger an die Stirn.
»Nein, nein«, sagt Oma Wilhelmine. »Tom hat Recht. Sieh doch! Cocker schaut sich immer um, bleibt stehen und lässt die Ohren hängen.« Sie beugt sich zu ihm herab und streichelt ihn. »Was ist denn los mit dir, alter Junge?«
»Cocker ist eben ein treuer Hund«, brüllt Corinna und streicht sich ihre nassen Haare aus der Stirn. »Treue Hunde halten oft zu miesen Herrchen. Tom ist auch treu, der hält trotz allem zu . . .«
»Klappe!«, schreie ich.
Corinna macht den Mund zu und wagt erst kurz vor dem Seniorenheim ihn wieder aufzumachen. »Entschuldige, Tom, war nicht so gemeint.« Sie verpasst mir einen Rippenstoß. »Muss mal eben zu einer Freundin. Sag's bitte meiner Mutter, ja?«
Als ich sie frage, zu wem sie will, ruft sie: »Komm mit, wenn du kannst«, und ist auch schon um die nächste Ecke verschwunden.
»Dir renne ich nicht hinterher«, schreie ich ihr nach. »Da kannst du lange warten.« Dabei wüsste ich zu gerne, ob sie zu Miri rennt, weil Miri doch ihre einzige Freundin ist. Noch lieber wüsste ich allerdings, wer den Schmuck hat.

Ich weiß, was Hehler sind, und Cocker, wer der Täter ist

Auf Frau Sichtermanns Terrasse sitzen Frau Sichtermann, Frau Sichtermanns Neffe, Frau Küppersberg, der Punk, Polizeihauptwachtmeister Krause und sein junger Kollege, Polizeiwachtmeister Fricke. Die Beamten beginnen gerade mit dem Verhör.

Oma Wilhelmine und ich bleiben an der Terrassentür stehen. Kein Platz mehr zum Sitzen. Sie haben sogar die Stühle von Omas Terrasse herübergeholt und besetzt.

Cocker legt sich auf den nassen Rasen vor der Terrasse.

Ich flüstere Frau Küppersberg zu, dass Corinna bei einer Freundin ist.

Sie nickt, legt den Finger auf den Mund und bietet Oma Wilhelmine ihren Stuhl an. Die setzt sich, denn es war ein weiter Weg vom Seniorenheim bis nach Zerbelshausen und zurück.

»Nun geben Sie schon zu, dass Sie den Schmuck

gestohlen haben«, sagt der Neffe von Frau Sichtermann zum Punk.
»Was soll ich mit Schmuck?«, fragt der.
»Verkaufen.«
»Wo?«
Wolfgang Sichtermann lacht. »Bei Hehlern natürlich.«
»Bei Hehlern?«, fragt Andreas.
Tut der nur so oder ist der so dumm? »Es gibt Leute«, sage ich, »die klauen alten Schmuck. Den verkaufen sie an Geschäftsleute, die nicht ganz ehrlich sind. Die werden Hehler genannt. Die merken sofort, dass der Schmuck geklaut ist, tun aber so, als wüssten sie es nicht. Sie geben dem Dieb viel weniger Geld, als der Schmuck wert ist, und verkaufen ihn teuer weiter.«
»Genau!«, staunt Polizeihauptwachtmeister Krause. »Woher weißt du das, Tom?«
»Aus Krimis im Fernsehen. Weiß doch jedes Kind.«
Der Punk ist aufgeregt, sein T-Shirt total verschwitzt.
Der war es, denke ich. Im Fernsehen sieht man auch immer in Großaufnahme die Schweißflecken unter den Achseln von Leuten, die ein schlechtes Gewissen haben.
Cocker schnüffelt an den Schuhen von Wolfgang Sichtermann herum und sagt: »Der war's!«

Ach was. Cocker muss sich irren. Der kann es nicht gewesen sein. Total ruhig, der Typ. Er trägt einen hellgrauen Seidenanzug und hat diesmal keine Nelke im Knopfloch. »Na?«, fragt er: »Will sich euer Spürhund nicht mal auf die Suche nach dem Täter machen?«

»Komm, Cocker!«, sage ich leise und zerre ihn hoch.

»Immer locker vom Hocker«, sagt Cocker, zockelt langsam in den Garten hinaus, wälzt sich im nassen Gras, schnüffelt unter den Sträuchern herum, findet eine junge Birke hochinteressant, hebt ein Bein, kackt mitten auf den Rasen und rennt auf der Flucht vor einer Hummel gegen die halb geöffnete Gewächshaustür.

Wolfgang Sichtermann lacht schallend. »Mit der halb blinden Töle da kannst du keinen Blumenpott gewinnen.«

Cocker verschwindet hinter dem Gewächshaus. Ich folge ihm.

»Aus den Augen, aus dem Sinn«, brummt Cocker.

»Richtig«, flüstere ich. »Jetzt kann uns niemand mehr von der Terrasse aus sehen. Aber sag mal, musstest du deinen dicken Haufen ausgerechnet mitten auf den Rasen legen?«

»Ein Hund muss tun, was ein Hund tun muss«, sagt Cocker langsam und schleppend. Dann läuft er plötzlich los und ich sehe gerade noch, wie er sehr

geschickt mit Schnauze und Pfote die nur angelehnte Hintertür öffnet und sich in das Glashaus schiebt. Er hat eine Spur, wetten? Nichts wie hinterher! Ich sehe mich nach allen Seiten um, wage einen großen Satz und bin auch schon drin.
Die Luft ist stickig. Mehrere Blumenkästen liegen umgestülpt auf dem Boden.
Cocker schnüffelt daran herum.
Ich knie mich davor, buddele wie wild und komme mir vor wie ein Goldgräber im Wilden Westen. Nichts. Keine Spur von Gold. Ich setze mich und lasse mir die Erde durch die Finger rieseln.
Cocker hockt unter einem der Tische mit den Frühbeeten, hat eine verwelkte Blume in der Schnauze und bewacht einen alten Korb. Feiner Spürhund, das.
Ich krieche unter den Tisch und schaue in den Korb. Blumenerde und vergammelte Stiefmütterchen. Ich wühle in der Erde herum. »Mensch, was ist das? Cocker, sieh mal! Ein ganz dünnes Kettchen. Total verwurschtelt und verdreckt. Wir haben den Dieb, Cocker. Es muss Andreas gewesen sein. Wer sonst hat im Gewächshaus zu tun?«
Während Cocker irgendetwas von einem Holzweg brabbelt, überlege ich, ob ich den Punk an die Polizei ausliefern soll, und gerate kräftig ins Schwitzen. Andreas hat mich beim Durchstöbern

von Omas Handtasche und beim Marzipanrollenklauen beobachtet. Was, wenn er petzt? Verflixt. Was mache ich nur? Mir ist richtig schlecht vor Aufregung. Ich weiß: Ich gebe Oma das Kettchen und gestehe ihr alles. Sogar die Sache mit den Lollis. Aber erst, wenn die Polizisten weg sind. Da liegt noch was im Korb. Ein Glasfläschchen. Pah! Was soll ich damit?
»Mitnehmen, du Flasche!«
»Na gut.« Ich stecke es zu der Kette in die Hosentasche und klopfe meine Dreckhände an meinen Jeans ab. »Komm, Cocker!«
Auf dem Weg, den wir gekommen sind, verlasse ich das Gewächshaus, schleiche an seiner Rückfront vorbei, halte mich eine Weile bei den Büschen am Gartenrand auf und schlendere dann laut pfeifend auf die anderen zu. Bloß nichts anmerken lassen. Cocker trottet mit der Blume im Maul hinter mir her.

Der Verdächtige verdächtigt mich und ich soll schon wieder meine Hosentaschen ausleeren

Corinna kommt uns entgegen. »Ich bin wieder zurück«, sagt sie.
»Bin ja nicht blind.«
»Hast du was gefunden, Tom?«
»Nein. Warum?« Meine Hand krampft sich um das Kettchen und das Wasserfläschchen.
»Weil du mit Cocker im Gewächshaus warst.«
»Waren wir nicht.«
»Wart ihr doch!«
»Die junge Dame hat Recht. Leere bitte mal deine Hosentaschen aus.« Oh, nein! Nicht schon wieder!
»Komm! Mach keine Schwierigkeiten, Tom!« Polizeihauptwachtmeister Krause hat uns beobachtet und alles mitgekriegt.
Ich ziehe den Kopf ein, presse die Lippen fest zusammen und sehe Andreas an.
»Mach schon«, sagt der und lacht. »Wissen Sie, Herr Polizeihauptwachtmeister, Tom klaut höchs-

tens mal eine Marzipanrolle bei Frau Sichtermann.«

Ha, wenn dieser Punk die Sache mit der Marzipanrolle verrät, brauche ich auch keine Rücksicht mehr zu nehmen. Ich ziehe das dreckige Kettchen aus der Tasche und lege es vor ihn auf den Tisch.

Andreas fallen fast die Augen aus dem Kopf. »Meine Güte, Tom. Wie kannst du nur? Hast du die Ringe, die Broschen und das Medaillon auch noch in den Taschen? Das hätte ich nicht von dir gedacht.«

Was? Will er *mir* jetzt alles in die Schuhe schieben? So weit kommt das noch. Mein Herz klopft wie wild. Ich mache den Mund auf, um zu sagen, wo ich das Schmuckstück gefunden habe, da flüstert mir dieser Polizeihauptwachtmeister Krause ins Ohr, dass ich nichts sagen soll, was später gegen mich verwendet werden kann. Dann gibt er Frau Sichtermann das Kettchen und sagt: »Mein Kollege und ich müssen es trotz aller Sorgfalt bei unserer Suche übersehen haben. Mir scheint, jetzt fehlt nur noch das Medaillon. Ja, ja, mein Junge, da staunst du, was?« Er legt mir einen Arm um die Schultern. »Mein Kollege und ich haben in der vergangenen Nacht das Gelände beobachtet. Jemand war mit einer Taschenlampe unterwegs und verschwand im Gewächshaus. Viel Zeit hatte er nicht, weil wir ihm auf den Fersen waren. Wir waren der Meinung, er hätte die Kette mit dem

Medaillon gefunden und mitgenommen. Anscheinend fiel ihm aber nur das kostbare Medaillon in die Hände. Den restlichen Schmuck haben wir sichergestellt. Wir wollten den Täter auf frischer Tat ertappen und hatten leider nicht bedacht, dass das Gewächshaus einen Eingang und einen Ausgang hat. So ist er uns durch die Lappen gegangen. Er ist sogar dann nicht stehen geblieben, als wir ihn anriefen.«

»Halt! Stehen bleiben! Polizei!«, sage ich leise.

»Du hast es gehört?«

Ich nicke. »Und da war eine Gestalt mit Licht. Aber erkannt habe ich sie nicht.«

»Wir leider auch nicht«, sagt Polizeiwachtmeister Fricke.

Cocker lässt mir die nasse Blume aus seiner Schnauze auf den Schoß fallen.

Pfui! Weg damit! - Augenblick mal! Sieht aus wie eine Nelke. Tatsache! Das ist eine Nelke! Ich wage nicht Wolfgang Sichtermann anzusehen, hebe die Blume auf und sage: »Hier! Die hat Cocker im Gewächshaus gefunden.«

Polizeiwachtmeister Fricke lacht. »Und was soll ich damit?«

»Nelken gibt es nicht im Gewächshaus«, sagt Andreas und wundert sich. »Die kriegt man um diese Jahreszeit überhaupt nur in Blumengeschäften.«

»Soso. Das ist ja ganz interessant, aber . . .«

Polizeihauptwachtmeister Krause tappt noch im Dunklen.
Es ist ein tolles Gefühl, plötzlich mehr zu wissen als die Polizei. Ich stehe auf und sage feierlich: »Diese Nelke mit kurzem Stiel hat Cocker im Gewächshaus aufgestöbert.«
Cocker knurrt: »Denk an die Flasche, du Flasche!«
»Ach ja, und dann hab ich noch dies hier gefunden.«
Polizeiwachtmeister Fricke nimmt mir das Fläschchen ab, schaut es sich genau an und sagt, spöttisch grinsend: »Tolles Beweisstück.«
»Augenblick mal!« Frau Sichtermann beugt sich herüber. »Mein Neffe trägt immer eine Nelke im

Knopfloch. Damit sie nicht so schnell welkt, steckt sie in einem kleinen Wasserbehälter hinter dem Revers. - Wolfgang, du? Das darf doch nicht wahr sein.« Sie hat plötzlich Tränen in den Augen.
»Aber, aber, Tantchen«, sagt Wolfgang Sichtermann. »Es ist anders, als du denkst. Ich wollte auf eigene Faust Ermittlungen anstellen und war gerade dabei, den Korb ganz hinten unter dem Tisch mit den Frühbeeten zu untersuchen, da sind die Bullen aufgetaucht und haben Terror gemacht. Ich bin in Panik geraten und hab bei der Flucht nicht nur die zwei Sachen da verloren, sondern auch meinen hellen Anzug ruiniert. Ich verlange Schadenersatz vom Staat.«
»Schadenersatz?« Polizeiwachtmeister Fricke lacht und verzieht spöttisch den Mund. »Sie haben soeben ein Geständnis abgelegt, Herr Sichtermann. Folgen Sie uns bitte aufs Revier, damit wir alles zu Protokoll nehmen können. Oder möchten Sie lieber vorher noch an Ort und Stelle Ihr Gewissen erleichtern?«
»Ich? Wieso? Wie kommen Sie dazu, mich zu verdächtigen? Nur, weil dieser kleine Möchtegerndetektiv und sein Hund mein Fläschchen und die Nelke im Gewächshaus gefunden haben?«
»Nein, nein. Der Fundort hat Sie verraten. Sie hätten ihn nicht erwähnen dürfen. Sagen Sie uns freiwillig, wo das Medaillon ist? Oder ist es Ihnen lieber, wenn wir Sie und Ihre Wohnung durchsu-

chen? Nur mein Kollege und ich wussten nämlich, wo der Schmuck zu finden war. Und jetzt wissen es auch noch Tom und Cocker. Nicht wahr, Tom? Wo lag das Kettchen? Jetzt darfst du es sagen.«

»Im Korb ganz weit hinten unter dem Tisch mit den Frühbeeten. Da lag auch das Fläschchen. Ich wusste gar nicht, dass es Ihnen gehört. Cocker hat ...«

»Schon gut, Tom. Hier, meine Herren. Das Medaillon ist im Pfandhaus. Ich habe es versetzt.« Wolfgang Sichtermann zieht einen Pfandschein aus seiner Brusttasche und wirft ihn auf den Tisch. »Bei meiner Durchsuchung hätten Sie ihn sowieso gefunden.« Dann gibt er zu von mir im Zimmer seiner Tante überrascht worden zu sein. »Ich hatte den Schmuck in der Hand, als Tom hereinkam, und musste ihn irgendwo loswerden.«

»Da hat er ihn schnell durchs offene Fenster in den Blumenkasten außen auf der Fensterbank gesteckt«, sage ich leise zu Andreas. »Deshalb hat seine Hand, mit der er mir den Mund zuhielt, nach Erde gerochen. Und bevor er den Schmuck heimlich wieder aus dem Blumenkasten herausholen konnte ...«

»... habe ich den Kasten ahnungslos ins Gewächshaus getragen, den Inhalt in den Korb geschüttet und ihn mit dem Fuß unter den Tisch mit den Frühbeeten geschoben«, sagt Andreas. »Ich hatte es eilig. Die anderen Kästen habe ich nur aufein-

ander gestellt, weil schon Feierabend war. Junge, Junge, bin ich froh, dass du es nicht warst.« Er nimmt mich in den Arm und drückt mich an sich. »Vor der Polizei gerät man sogar ins Schwitzen, wenn man unschuldig ist, nicht wahr?«
Ich nicke und finde den Punk plötzlich ganz nett. Die Polizisten geben mir lachend die Hand und streicheln Cocker. »Das Detektivbüro Cocker & Co. ist klasse. Demnächst fordern wir euch für Spezialeinsätze an.«
Frau Sichtermann schluchzt laut und fragt: »Wolfgang, wie konntest du nur? Du hättest doch nach meinem Tod alles geerbt.«
Ihr Neffe zuckt die Achseln. »Tut mir Leid. Weiß selbst nicht, wie das passieren konnte, Tante.« Er sieht plötzlich gar nicht mehr gut aus. Richtig zerknittert und alt.
»Manche Menschen können den Hals nicht voll genug kriegen«, flüstert mir Andreas zu, als die Polizisten Wolfgang Sichtermann mitnehmen. »Guter Hund«, sagt er dann und streichelt Cocker.
»Tom war diesmal auch nicht schlecht«, sagt Corinna und klopft mir kräftig auf die Schulter. »Ich war übrigens vorhin bei Miri. Sie will uns heute um achtzehn Uhr ihren Papagei vorführen. Wir hatten es schon in der Schule ausgemacht, aber sie musste noch ihre Mutter fragen. Die war einverstanden.

Wir haben von Podlowskis Wohnung aus Frau Scholz angerufen. Sie kommt auch.«
Aha, denke ich. Hab ich's mir doch gedacht. Aber wieso grinst die Klette die ganze Zeit? Gestern hatte sie doch noch so viel Mitleid mit Miri. Kombiniere: Sie weiß inzwischen, dass der Papagei von Miri nicht die Lora von Frau Scholz ist.

Ich löse meinen ersten Fall und verderbe es mir mit allen

Frau Scholz geht vor Podlowskis Wohnungstür auf und ab. Sie trägt einen Käfig mit sich herum und ist sehr nervös.
Oma Wilhelmine, Cocker und ich sind noch ziemlich weit von ihr entfernt, da ruft sie schon: »Guten Abend. Ich habe Loras Lieblingsnüsse mitgebracht!« Sie hält einen Plastikbeutel mit Walnüssen hoch.
»Was sagten Sie noch? Welche Farbe hat Ihre Lora?«, will ich schnell noch wissen, bevor wir ins Haus gehen.
»Lora ist grün und hat einen roten Kopf.«
Oma Wilhelmine klingelt bereits bei Podlowskis.
Miri öffnet lächelnd die Tür und führt uns vier ins Wohnzimmer. Dort sitzt in einem wunderschönen, großen Käfig ein blauer Papagei. Sein Hals und seine Brust sind kahl. Auch seine Flügelspitzen. Sein Kopf ist violett. Sogar der kahle Hals und der Bauch schimmern bläulich.

»Sehen Sie selbst.«
»Das ist Nora Podlowski und nicht Lora Scholz«, sagen Miri und Corinna wie aus einem Mund und zwinkern sich zu. Schon wieder ein Komplott?
»Bitte, setzen Sie sich!«, sagt Miris Mutter zu Frau Scholz.
»Nein, danke. Nicht nötig. Dieser Vogel da ist nicht meine Lora. Das sehe ich auf den ersten Blick.«
»Das ist eine harte Nuss«, stöhnt Cocker.
Nuss? - Augenblick mal! Ich frage Frau Scholz, ob ich eine Nuss aus dem Plastikbeutel nehmen darf. Ich darf und halte dieser Nora oder Lora die Nuss hin.
Der Papagei nickt immerzu mit dem Kopf und kreischt hoch und schrill.
»Das Schreien hört sich allerdings sehr nach meiner Lora an«, sagt Frau Scholz und geht näher an den Käfig heran. »Seltsam, sehr seltsam.«
Das finde ich auch. Ich ziehe Corinnas Vergrößerungsglas aus meiner Hosentasche, die Sherlock-Holmes-Mütze fällt heraus. Ich hebe sie auf, stülpe sie Cocker über, gehe zum Käfig und schaue mir den Vogelsand auf dem Käfigboden durch die Lupe an.
Frau Scholz will gehen. »Tut mir Leid«, sagt sie.
»Warten Sie!« Ich starre auf die Blumenspritze, die auf der Fensterbank steht.

»Halte dich da raus!«, knurrt Cocker. »Sonst rede ich nie wieder mit dir. Ein Hund, ein Wort.«
Pah!, denke ich. Das ist bloß eine von den wüsten Drohungen, die kein Mensch einhält, geschweige denn ein Hund. Ich gehe zur Fensterbank und greife mir die Blumenspritze.
»Stell die wieder weg!«, sagt Corinna wütend.
Nein, ich will jetzt Gewissheit haben. Und was ich will, das kriege ich. »Blaue Lora, willst du baden?«
Ich halte die Blumenspritze vor den Käfig.
Der Vogel plustert sich auf und kreischt.
»Bitte nicht, Tom!«, schreit Miri und fällt mir weinend in den Arm. »Nora ist wasserscheu. Lass das!«
Ich? Das lassen? Nein. »Lora, willst du baden?«
Der Vogel kommt ganz nah ans Käfiggitter, hebt zuerst den rechten Flügel, dann den linken.
Ich sprühe. Pff, pff.
Jetzt dreht uns der Vogel sein Hinterteil zu und stellt die Schwanzfedern hoch.
Ich sprühe und sprühe.
Nora tropft und wird grüner und grüner. Blaues Wasser sammelt sich auf dem Käfigboden, sickert in den Sand, tropft auf die grünen Federn, die ich dort mit dem Vergrößerungsglas entdeckt habe.
»Meine Lora!« Frau Scholz geht zum Käfig. »Auf jeden Fall kommt sie mehr und mehr zum Vorschein. Was habt ihr mit ihr gemacht?«

»Wir haben Toms blaue Lebensmittelfarbe in Wasser aufgelöst, die Lösung in die Blumenspritze gefüllt und Lora damit besprüht.« Miri schluchzt herzzerreißend. »Es war Corinnas Idee. Sie wollte mir helfen.«

»Lebensmittelfarbe«, sagt Frau Scholz und schüttelt entsetzt den Kopf.

»Garantiert ungefährlich und wasserlöslich«, sage ich schnell.

»Warum musstest du auch die Blumenspritze nehmen? Du dämlicher Detektiv, du?« Corinna trommelt mit ihren Fäusten auf meiner Brust herum.

»Hör auf!« Ich halte sie an den Handgelenken fest.

»Du bist an allem schuld. Im Sand auf dem Käfigboden lagen grüne Federn. Ohne dein Vergrößerungsglas hätte ich sie nicht entdeckt.«

»Das kommt davon, weil du nicht jeden Tag den Käfig sauber machst«, sagt Miris Mutter vorwurfsvoll zu Miri. »Ich war übrigens an dem Komplott beteiligt, Frau Scholz. Ich habe den Mädchen geholfen. Das war nicht richtig. Tut mir Leid. Der Vogel gehört Ihnen. Nehmen Sie ihn mit.«

Miri schluchzt auf und klammert sich an den Käfig.

»Bitte, machen Sie schnell! Sie sehen doch, wie weh es meiner Miri tut.« Jetzt weint auch Frau Podlowski.

Wenn ich nicht aufpasse, heule ich auch noch daher.
Frau Scholz schiebt Oma Wilhelmine einen Hundertmarkschein zu. »Der Finderlohn. Sie haben ihn sich verdient.«
Oma Wilhelmine wehrt ab, putzt sich kräftig die Nase und sagt: »So ein Vogel rupft sich nicht mir nichts, dir nichts die Federn aus, Frau Scholz. Lora spürt, dass Sie sie nicht mögen. Ich will Ihr Geld nicht.«
»Vielleicht überlegen Sie es sich noch anders, Frau Bold. Ich habe da nämlich eine Idee. Wie ist es, Miri? Leihst du mir Lora aus, wenn ich Besuch von meinen Kindern bekomme? Sie kommen höchstens zweimal im Jahr und dann nur für drei oder vier Tage. Damit wäre uns beiden geholfen, nicht wahr?«
Miri ist begeistert. »Ist doch klar. Das mache ich. Ich liebe Lora. - Und du Verräter hau bloß ab!« Sie verpasst mir im Vorübergehen einen Tritt vors Schienbein.
Tja, Undank ist der Welt Lohn oder wie dieser dämliche Spruch heißt. Ich, Tom Bold, habe meinen ersten Fall gelöst und es mir mit allen verscherzt. Cocker hatte mich gewarnt. Hätte ich doch nur auf ihn gehört. Wo ist Cocker? - »Cocker ist weg!«, schreie ich.

Cocker redet nicht mehr mit mir

Corinna und ich rennen den Weg, den wir gekommen sind, zurück. Hand in Hand. So schnell wir können.

»Hoffentlich ist er nicht zu diesem Peschek zurückgegangen«, jammert Corinna.

Nein. Ist er nicht.

Cocker liegt vor der Haustür.

Corinna und ich umarmen uns, stürzen uns auf ihn und streicheln ihn.

So finden uns Mama, Papa und Oma Wilhelmine.

Oma sagt: »Deine Eltern wollen dich abholen, Tom.«

Wir gehen in die Wohnung. Papa und Mama setzen sich auf die Couch mit der Kuhle und sehen sich um. »Schön hast du's hier, Mutter«, sagt Papa.

»Finde ich auch«, sagt Mama.

»Was ist mit dem Hund?«, fragt Papa.

»Er ist mir zugelaufen«, antwortet Oma Wilhelmine und erzählt Corinna und mir, dass Frau Scholz und

sie sich darauf geeinigt hätten, die hundert Mark Finderlohn dem Tierschutzverein zu spenden.
»Finde ich gut«, sage ich.
»Ich auch«, sagt Corinna.
Frau Küppersberg und Frau Sichtermann kommen herein. Sie machen sich mit Mama und Papa bekannt, setzen sich zu ihnen auf die Couch und wollen von uns wissen, wie die Sache mit dem Papagei gelaufen ist.

»Verzeihen Sie, wir stören anscheinend. Wir wollten nur unseren Sohn abholen«, sagt Mama und steht auf. »Nun mach schon, Tom. Heute Abend kommt ein Krimi im Fernsehen.«

»Der kann warten«, sagt Papa, bückt sich und zieht mich zu sich auf die Couch. »Na, Tom, wie war's bei Oma?«

»Super«, sage ich und erzähle die Geschichte vom blauen Papagei.

»Ist ja spannender als jeder Krimi im Fernsehen«, sagt Mama und setzt sich wieder zu uns.

Ich erzähle von den Clowns und von Wolfgang Sichtermann mit dem Schmuck.

Papa und Mama können es kaum glauben.

Corinna, Frau Küppersberg, Oma Wilhelmine und Frau Sichtermann bestätigen ihnen Wort für Wort.

Mama und Papa sind beeindruckt. Auf der Heimfahrt schwärmen sie von Omas Wohnung. Klein, aber fein sei sie und gerade das Richtige für eine allein stehende Frau. Sie meckern nicht einmal über Cocker. Etwas alt, aber gemütlich findet ihn Mama und Papa sagt: »So einen Hund mit Schlappohren habe ich mir als Junge immer gewünscht.«

Ich frage mich, was sie sagen würden, wenn sie wüssten, dass er sprechen kann, und weiß auch schon die Antwort. Sie würden sagen: »Tom Bold, du spinnst.« Alle würden das sagen oder denken. Deshalb behalte ich es lieber für mich.

Zwei Wochen später. Auch jetzt wissen es nur Cocker und ich. Es hat auch gar keinen Zweck, darüber zu reden. Cocker spricht nicht mehr mit mir. Die Sache mit der Blumenspritze! Ich verstehe das. Wenn ein Hund ausnahmsweise mal mit einem Menschen spricht, dann ist es wahnsinnig enttäuschend, wenn der nicht auf ihn hört. Ich mag Cocker aber trotzdem noch. Und das, obwohl er ohne zu murren und zu knurren zu Frau Küppersberg und Corinna in den Anbau gezogen ist. Seit einer Woche wohnt er jetzt dort.
Das Haustierverbot im Seniorenheim Sonnenschein ist daran schuld. Oma hat sich platt reden lassen. Frau Küppersberg hat nämlich gesagt, wenn Oma Cocker behalten würde, könnte es über kurz oder lang im Seniorenheim Sonnenschein vor lauter Vögeln, Fischen, Hamstern, Meerschweinchen, Kaninchen, Katzen und Hunden nur so wimmeln. Corinna und mir hätte das gefallen.

Große Pause.
Die Fechner hat Hofaufsicht. Sie zwinkert mir zu und grinst, weil Corinna und ich Hand in Hand gehen.

Na und? Das machen wir in letzter Zeit immer. Alle halten uns für ein Liebespaar. Sie kichern und machen blöde Bemerkungen. Dabei reden wir immer bloß über Cocker. Ich weiß ganz genau, wann und wie lange er gepennt hat, wie gut ihm die Abfälle aus der Heimküche schmecken, wie oft er gebürstet wird, warum er Frau Küppersberg in die Wade zwicken wollte, mit welchem Dreh Corinna blutsaugende Zecken aus Cockers Fell entfernt, ob er gute oder schlechte Verdauung hatte, wie glänzend sein Fell inzwischen ist, dass seine Augen nicht mehr tränen und wie gut Corinna sich mit ihm versteht. Als ob ich das nicht längst wüsste. Ich besuche ihn ja fast jeden Tag. Cocker, Cocker, nichts als Cocker.

Ich würde mit Corinna gerne mal über uns reden, traue mich aber nicht.

Miri geht vor uns her. Mit Sven und Felix. Sie stopft Tortenrandstücke und Kuchenbruch in sich hinein. Es lag nicht an der Angst um Lora. Sie ist so.

»Möchte bloß wissen, wo sie das alles lässt«, sage ich zu Corinna und muss immer mal wieder stehen bleiben und zu Miri hinüberschauen.

Die Klette lässt plötzlich meine Hand los, packt mich bei den Schultern, schüttelt mich und zischt: »Manche Menschen können den Hals nicht voll genug kriegen und manchen Menschen gefällt das anscheinend so gut, dass sie sich nicht daran satt sehen können.« Sie schubst mich von sich weg, legt ihre Hände auf den Rücken und marschiert mit großen Schritten davon.

»Warte!« Ich renne hinter ihr her. »Miriam Podlowski ist mir doch total egal.«

Corinna bleibt stehen und starrt mich an. »In echt? Seit wann?«

»Seit wir beide Angst hatten, Cocker wäre zu diesem Peschek zurückgelaufen.«

Corinna fasst sich an den Kopf. »Da hast du erst gemerkt, dass ich dich mag?«

»Ja.«

Corinna zieht die Schultern hoch, als ob sie friert.

»Nur damit du es weißt«, sage ich und hänge ihr meine Seidenwindjacke über die Schultern. »So einer wie Kojak werde ich nie.«

Corinna grinst. Ihre Zahnspange blitzt. »Kojak? Wer ist das? Nie gehört. Müsste ich den kennen?«

Cocker & Co.,
Diebe im Zoo

»Schnauze!«, sagt Cocker

Ich, Tom Bold, neun Jahre alt, sitze auf dem Klo. Nur noch so, weil ich in Ruhe nachdenken will. Meinen Spitznamen Glatze bin ich los. Dafür nennen sie mich jetzt Emu in meiner Klasse. Ein Emu ist ein Straußvogel mit Stummelflügeln, langem Hals und nur ein paar Haaren auf dem sonst kahlen Kopf. Sven und Felix haben mir den Namen verpasst, als wir vor drei Tagen mit unserer Ersatzlehrerin im Zoo waren. Frau Fechner ist im Krankenhaus. Blinddarm. Die Ersatzlehrerin heißt Thies. Sie ist sechsundzwanzig Jahre alt, nicht sehr groß, schlank und ernst. Sie hat lange, hellbraune Haare, große, dunkelbraune Augen und noch etwas Angst vor uns. Das hat sie selbst gesagt. Bevor sie es gesagt hat, haben Sven und Felix versucht sie rauszugraulen. Jetzt warten sie erst einmal ab, sagen sie.
Ich streiche mir vorsichtig über den Kopf. Das hat Frau Thies gestern auch gemacht. Ohne mich vorher zu fragen. »Fühlt sich toll an, Tom Bold«, hat sie gesagt.

Stimmt allerdings. Meine Haarstoppeln fühlen sich von Tag zu Tag besser an. Kein Wunder, dass mir alle aus meiner Klasse gestern mal eben mit der Hand über den Kopf fahren wollten. Corinna Küppersberg hat hinterher gemeint, ich hätte Geld fürs Fühlenlassen nehmen sollen. Typisch Corinna. Hinterher hat sie die tollsten Ideen.

Sven und Felix wollten nicht fühlen. Die hätte ich sowieso nicht an meinen Kopf herangelassen. Sie haben nämlich zu Frau Thies hinübergebrüllt, dass ich mir aus lauter Liebe zu Miriam Podlowski die Haare abrasiert hätte.

Miri und ich sind knallrot geworden. Nun ja, was stimmt, das stimmt, da kann man nichts machen. Ich habe es getan, weil ich Miri mochte und Miri für Kojak schwärmte. Das ist dieser amerikanische Fernsehdetektiv mit dem Lolli und der Glatze. Aber muss man das so laut herausschreien? Es war sowieso der dümmste Einfall, den ich je hatte.

In letzter Zeit muss ich unheimlich viel denken. Das passiert ganz nebenbei, sozusagen vollautomatisch. Am meisten denke ich darüber nach, wie ich Cocker, Oma Wilhelmine und Corinna Küppersberg beibringe, dass ich nicht mehr beim Detektivbüro Cocker & Co. mitmachen kann. Sven und Felix gönnen mir meinen Erfolg als Detektiv und bei den Mädchen nicht. Sie verstecken meine Mathehefte. Sie klauen meinen Tintenkiller. Sie reißen mir meine Sherlock-Holmes-Mütze vom Kopf. Sie haben mir mein Vergrößerungsglas weggenommen und behaupten, sie hätten es nicht. Ich weiß es besser.

»Mach dir nichts draus, Tom«, sagt Corinna Küppersberg.

»Das gibt sich wieder«, meint Miriam Podlowski.

Denkste.

Ich gehe Sven und Felix aus dem Weg. Ich spiele mich nicht auf. Ich halte mich zurück. Sven und Felix machen trotzdem weiter.

Die beiden sind sehr gut in Mathe. Wenn wir um die Wette im Kopf rechnen, verliere ich immer. Sven und Felix schreien die Ergebnisse nur so heraus. Frage, Antwort, Frage, Antwort. Zack, zack. Die beiden können unheimlich viel gleichzeitig machen. Sie hören Frau Thies zu, rechnen, kichern, drehen sich um, zeigen mir den Vogel und antworten.

Wenn ich etwas erzählen soll, schwatzen sie mir immer dazwischen. Meistens fange ich dann an zu stottern und höre mittendrin auf.

Die Fechner hätte längst eins ihrer berühmten Donnerwetter losgelassen. Die Thies tut immer so, als ob

nichts wäre. Aber sie mag mich, glaube ich. Hätte sie mir sonst mit der Hand über den Kopf gestrichen?
Ich drücke die Wasserspülung, ziehe mir die Hose hoch, wasche mir die Hände, gehe in die Küche, sehe mich um und sage: »Mein Turnbeutel ist weg.«
Mama singt:

»Ist was weg, keiner weiß, wo,
Cocker & Co., Detektivbüro.«

Ich setze mich zu Mama und Papa an den Frühstückstisch, nehme mir ein Marmeladenbrot und sage: »Kein Detektiv auf der Welt gibt sich mit Turnbeuteln ab. Außerdem ist es heute sowieso viel zu heiß für Sport.«
Mama sagt »eingebildeter Knilch« zu mir und lacht laut.
Ich wollte, die Thies würde mal so lachen.
Im Fernsehen wird über außergewöhnlich hohe Ozonwerte in unserer Gegend geredet. Ozon-Smog nennen sie das.
»Empfindliche Menschen sollten im Haus bleiben«, sagt der Fernsehsprecher.
»Ich bin empfindlich«, sage ich. »Ich gehe heute nicht in die Schule.«
»Das könnte dir so passen, du Witzbold.« Papa schaltet den Fernseher ab und schmunzelt.
Dabei habe ich das ganz ernst gemeint.

Cocker hockt unter dem Tisch. Er säuft, schlürft und schlabbert.
Ich habe schlechte Laune und sage: »Ein stolzer Cockerspaniel schlürft und schlabbert nicht.«
»Schnauze!«, sagt Cocker.
»He! Redest du wieder mit mir?« Ich rutsche vom Stuhl und umarme ihn.
Cocker legt sich auf den Rücken und lässt sich am Bauch kraulen. Das hat er lange nicht mehr gemacht. Mensch, bin ich froh. Cocker war nämlich eine ganze Weile sauer auf mich. Jetzt steht er auf und trottet in die Diele. Ich setze mich wieder auf meinen Stuhl. Egal, ob Cocker nun wieder mit mir redet oder nicht, er ist ein feiner Hund. Und ich, Tom Bold, bin ein Mensch mit besonderen Ohren. Sie stehen zwar weit ab, aber nur ich kann hören, wenn der alte Cocker mit tiefer, schleppender Stimme spricht. Er ist Oma Wilhelmine im Seniorenheim Sonnenschein zugelaufen. Jetzt wohnt er bei Corinna und ihrer Mutter im Anbau. Bei Oma Wilhelmine durfte Cocker nicht bleiben. Da hätten dann plötzlich alle Altersheimbewohner irgendein Tier haben wollen, meinte Frau Küppersberg. Die muss es wissen. Corinnas Mutter ist schließlich Heimleiterin.
Oma Wilhelmines Nachbarin, die Frau Sichtermann, hat sich für einen Kleintierzoo hinten im

Gewächshaus stark gemacht. Corinna und ich hatten schon fünf junge Meerschweinchen und drei Goldhamster in Aussicht. Von Klassenkameraden, die nicht wussten, wohin damit.
»Nichts da!« Frau Küppersberg war auch gegen den Kleintierzoo.
Frau Sichtermann war sehr enttäuscht und hat geweint. »Tiere sind wichtig für Menschen«, hat sie gesagt.
Ich darf mir auch kein Tier halten. Leider.
In der vergangenen Nacht hat Cocker bei mir geschlafen. Corinna und Frau Küppersberg haben ihn mir ausgeliehen. Mama und Papa wollten gestern Abend ins Theater. Ich hab vorher Theater gemacht, wollte sie nicht weglassen. Na und? Sonst war Oma immer da. Für Mathe, fürs Schmusen, für alles.
»Ein alter Hund als Babysitter bei einem so großen Jungen«, haben Mama und Papa gesagt und sich halb totgelacht. Mama und Papa sind uralt. Die wissen nicht einmal mehr, wie wichtig etwas Lebendiges im Bett von Kindern ist. Erst recht etwas, das bei Gefahr laut bellen kann.
Cocker schleppt meinen Turnbeutel an. »He! Wie bist du ihm auf die Spur gekommen?«
»Immer dem Geruch nach«, brummt Cocker.

Im Zoo sind wertvolle Vögel gestohlen worden

Mama und Papa essen, trinken und lesen die Zeitung. Ich frage sie, ob sie wissen, was hohe Tiere sind.

»Wirtschaftsbosse werden manchmal so genannt«, sagt Papa. »Oder führende Politiker. Warum willst du das wissen?« Er schaltet den Lokalfunk im Radio ein.

»Och, nur so. Es hat mit Oma Wilhelmine zu tun.«

»Lass mich raten. Sie fühlt sich nicht wohl im Seniorenheim Sonnenschein, weil da ein paar alte hohe Tiere sind. Sie möchte zu uns zurück.« Papa strahlt und lässt die Zeitung sinken.

Mama runzelt die Stirn. »Oma Wilhelmine ist, ohne uns zu fragen, ins Altersheim gezogen. Da bleibt sie jetzt erst einmal. Sie hätte sich nicht immer in Toms Erziehung einmischen sollen.«

»Oma fühlt sich im Seniorenheim Sonnenschein pudelwohl«, sage ich und klettere auf Papas Schoß. »Es geht um Frau Sichtermann.«

»Aha, Omas reiche Nachbarin«, sagt Mama.
»Ja. Sie hat einen Freund. Den besucht sie jeden Nachmittag. Er ist ein hohes Tier und unheimlich nett, sagt Frau Sichtermann. Bis jetzt hat ihn noch niemand gesehen. Oma Wilhelmine meint, dass der Mann hinter Frau Sichtermanns Geld her ist.«
Während Mama und ich über Heiratsschwindler reden, hört sich Papa den Lokalfunk im Radio an. Plötzlich sagt er: »So eine Gemeinheit! Habt ihr das gehört? Wertvolle Vögel wurden gestohlen. Gegen Morgen. Hier in unserem Zoo. Zwei Hellrote Aras und zwei Gelbhaubenkakadus. Die Vögel sollen noch irgendwo auf dem Zoogelände sein. Die Polizisten behaupten, sie wären so schnell zur Stelle gewesen, dass die Diebe keine Gelegenheit gehabt hätten ihre Beute fortzuschaffen, geschweige denn sich selbst aus dem Staub zu machen. Sie kennen nämlich die Tatzeit. Gegen sieben Uhr morgens hat der Zoodirektor das Kreischen der aufgeschreckten Tiere gehört. Zufällig. Ein Kamel war krank. Deshalb hielt er sich ungewöhnlich früh im Zoo auf. Er hat den Diebstahl entdeckt und sofort die Polizei alarmiert.«
»Hoffentlich kriegen sie den Kerl oder die Kerle rechtzeitig«, sagt Mama.
»Ja, sonst sehe ich schwarz für die Vögel«, sagt Papa.

Ich schlucke schwer und frage ihn, was die Diebe mit den Vögeln machen.
»Sie töten sie und lassen sie bei einem Tierpräparator ausstopfen«, sagt Papa. »Liebhaber zahlen dafür fast jeden Preis. Die seltenen Exemplare stehen dann in Modegeschäften, Kneipen und Wohnungen herum. Sie machen keinen Krach, man muss sich nicht mit ihnen unterhalten, sie nicht füttern und ihren Käfig nicht sauber machen.«
»Diese seltsamen Tierliebhaber müssten auch bestraft werden. Nicht nur die Diebe«, sagt Mama.
Ich lege mein Frühstücksbrot weg. »Ich kenne die Vögel. Ich habe neulich erst mit ihnen gesprochen.«
Papa sieht mich erstaunt an.
»Die Kinder aus der Klasse 4 a und Frau Thies, die Vertretungslehrerin, haben vor vier Tagen den kleinen Panther besucht«, erklärt Mama. »Er ist im Augenblick die Attraktion, weil er im Zoo zur Welt gekommen ist, nicht wahr, Tom?«
Ich nicke. Reden kann ich nicht. Ich sehe alles ganz genau vor mir. Weil bei den Panthern mit ihrem Jungen so ein Mordsgedränge war, bin ich ins Vogelhaus gegangen. Ich dachte: Da ist es ruhiger. Denkste. Die Aras haben hoch oben im Käfig auf den Stangen gesessen und gekreischt, dass mir fast

die Ohren weggeflogen sind. Erst als ich meine Detektivmütze abnahm, wurden sie still.
Die Gelbhaubenkakadus haben die Köpfe schief gelegt und neugierig auf mich herabgesehen.
»Ja, ja, da staunt ihr, was?«, habe ich gesagt. »Die Haare habe ich mir selbst abrasiert. Ich habe es aus Liebe gemacht. Es hat nichts genützt. Miriam Podlowski hat mich ausgelacht. Jetzt gehe ich mit Corinna Küppersberg. Die ist größer als ich, hat dünne Zöpfe und trägt eine Zahnspange. Die mag mich, wie ich bin, aber sie mag es nicht, wenn mich meine Klassenkameraden Emu nennen.«
Die Vögel haben leise Töne von sich gegeben und ihre gelben Haubenfedern hochgestellt.
»Ihr wisst nicht, was ein Emu ist? Das ist dieser hässliche Vogel in dem Gehege rechts neben dem Affenhaus. Der Typ mit dem langen Hals und dem kahlen Kopf.«
Die Hellroten Aras, die an den Flügelspitzen wunderschön bunt sind, wurden unruhig. Die weißen Kakadus plusterten sich auf und legten die gelben Haubenfedern flach.
Erst in dem Augenblick habe ich bemerkt, dass ich nicht alleine war im Vogelhaus. Als Mensch, meine ich. Hinter hohen Kübelpflanzen hat ein Mann im grauen Arbeitsmantel an einem Käfigschloss herumgefingert. Er trug einen dicken Schaumstoffkra-

gen, wie ihn Leute tragen, die einen Autounfall hatten und an der Halswirbelsäule verletzt wurden. Der Mann hat mich kurz angeschaut, zu Boden gesehen und sich verdrückt. Es war ihm anscheinend peinlich, dass er mir unfreiwillig zugehört hatte.

»Du, Mama«, sage ich und lehne mich an sie. »Im Zoo war ein Mann, der hat . . .«

»Tut mir Leid, Tom.« Mama sieht auf ihre Armbanduhr und springt hastig auf. »Entschuldigung. Ich muss ins Büro! Du hast noch fünf Minuten Zeit.« Weg ist sie. Typisch Mama.

Nur noch fünf Minuten? So spät ist das schon?

»Komm, Cocker. Wir müssen auf dem Weg zur Schule am Seniorenheim vorbei. Ich muss dich zurückbringen. Corinna wartet am Haupteingang auf uns. Hopp, hopp!«

»Immer locker vom Hocker. Ein alter Hund ist kein Intercityexpress.« Cocker zottelt in die Diele. Da steht Papa. Er ist ausgehfertig.

»Du, Papa, vielleicht lassen die Einbrecher die Vögel leben.«

»Na ja, schön wär's. Aber zerbrich dir darüber jetzt nicht den Kopf, Tom. Es gibt Wichtigeres. Eure Vertretungslehrerin, die Frau Thies, macht sich deinetwegen Sorgen. Sie hat angerufen. Du kommst in Mathe nicht mit, sagt sie. Mama und ich sind uns einig. Ab heute rennst du nicht mehr an jedem Nachmittag zu Corinna und Oma Wilhelmine ins Seniorenheim Sonnenschein. Du setzt dich hier zu Hause auf deinen Hintern und übst das Einmaleins. Still für dich. Vorwärts und rückwärts. Verstanden?« Tür zu, Treppe runter, raus aus dem Haus, rein ins Auto.

Mensch, hab ich eine Wut auf die Thies, auf Mama, auf Papa, auf die ganze Welt. Ich renne zum Fenster, reiße es auf und rufe hinaus: »Das ist gemein! Das ist Freiheitsberaubung! Das ist Kinderquälerei!« Fenster zu.

»He, Cocker!«, sage ich. »Hast du das gehört?«

Cocker gähnt und stellt die Ohren auf. »Bin ja nicht taub.«

»Aber sehr, sehr langsam. Komm endlich!« Ich gehe zur Tür und halte sie für ihn auf. »Wir müssen uns beeilen.« Ich bin immer noch sauer und gebe ihm mit dem Fuß einen Stoß.

Cocker sieht mich vorwurfsvoll an. Er lässt die Zunge aus dem Maul hängen und trottet so langsam hinter mir her, dass Corinna schon weg ist, als wir beim Seniorenheim ankommen.

Frau Küppersberg läuft auf uns zu. »Entschuldige, Tom, Corinna konnte nicht länger auf dich warten. Lauf! Du kommst sonst zu spät in die Schule.«

Im Jahr 2020 bin ich Fernsehdetektiv

*I*ch klopfe an, mache vorsichtig die Klassentür auf und sage leise: »Guten Morgen.«

Alle sehen mich an.

Nein. Nicht alle. Die Thies schaut auf ihre Armbanduhr. »Fünf Minuten zu spät, Tom.«

Na und? Ich gehe in die Klasse, sehe die Thies böse an und denke: So sieht also eine aus, die Kinder bei ihren Eltern schlecht macht.

Corinna lacht. Ihre Zahnspange blitzt. Corinna und ich sitzen nebeneinander. Vor uns sitzen Felix und Sven. Ich setze mich.

Frau Thies sagt: »Tom, wir haben, wie du weißt, gestern eine Zukunftsgeschichte aus dem Jahr 2020 gelesen. Heute sprechen wir noch einmal über das Jahr 2020. Wer von euch kann sich vorstellen, in welchem Beruf er dann vielleicht arbeitet?«

Ist das zu fassen? Im Zoo sind wertvolle Vögel geklaut worden und die Thies redet über das Jahr

2020. Ich hänge Schulmappe und Turnbeutel an den Haken, lege meinen Zettelblock auf den Tisch und sage: »Wir sind doch keine Hellseher.«

Mist! Felix ist einer. Er überlegt kurz und sagt: »Ich bin im Jahr 2020 ein Erfinder. Ich erfinde - - einen Kühlschrank, der ohne FCKW, ohne Fluorchlorkohlenwasserstoff, auskommt. Weil doch die Ozonwerte jetzt immer so hoch sind. Und überhaupt.«

Frau Thies lobt Felix. »Du hast dir gute Gedanken gemacht und das schwere Wort Fluorchlorkohlenwasserstoff fehlerfrei ausgesprochen.«

Als ob das etwas Besonderes wäre. Ich sage superschnell: »Den fluorchlorkohlenwasserstofflosen Kühlschrank gibt es schon längst. Ich hab das im Fernsehen gesehen. - He! Wo ist mein Zettelblock? Gerade hatte ich ihn noch.« Ich springe auf.

Sven und Felix sehen sich um und grinsen wie Max und Moritz. Wetten, dass einer von ihnen meinen Block hat?

Corinna schiebt mir ihren zu.

Eigentlich wollte ich die Berufe mitschreiben.

Jetzt setze ich mich hin, reiße einen Zettel ab und schreibe:

Hallo, Corinna!
Cocker redet wieder mit mir. Das erste Wort,
das er sagte, war »Schnautze!«
Dein Tom

Mist. Schnauze wird ohne t geschrieben. Ich wühle in meiner Schulmappe herum und sage gefährlich leise vor mich hin: »Wo ist mein Tintenkiller? Äh - schon gut. Hier ist er.«
»Tom Bold«, sagt Frau Thies. »Wie oft soll ich dir noch sagen, dass du während des Unterrichts keine Selbstgespräche führen sollst?«
Die Thies ist echt komisch. Sie fragt mich das immer und immer wieder, will aber keine Antwort. Sie redet auch diesmal sofort weiter. Natürlich über das Jahr 2020.
»Ich weiß, was ich dann auf keinen Fall mache«, rufe ich.
»Das will ich nicht wissen«, sagt Frau Thies.
»Na gut. Dann eben nicht.« Ich lösche mit dem Tintenkiller das t aus dem Wort Schnautze und schiebe Corinna Küppersberg meinen Zettel zu.
Ich wollte Frau Thies sagen, dass ich auf keinen Fall ein Gangster werde. Früher oder später werden die nämlich gefasst und müssen ins Gefängnis. Auch die Vogeldiebe. Warum machen die bloß so etwas Schreckliches? Im Fernsehen haben sie mal fünf in Australien geklaute Kakadus gezeigt, die, ganz dicht gedrängt, in einem Diplomatenkoffer lagen. Die Schnäbel hatte man ihnen mit Klebestreifen zugeklebt, damit sie nicht kreischen konnten. Die Tiere waren verschwitzt, verklebt und halb

tot. 35 000 DM wollte jemand für ein seltenes Kakadupärchen zahlen. Solche Tiere darf man in Australien eigentlich gar nicht mehr fangen. Weil sie schon fast ausgestorben sind. Das Einsperren von Tieren finde ich grässlich. Aber auch das Einkerkern von Menschen. Ich verstehe etwas davon. Mama hat mich mal in die Toilette gesperrt. Zur Strafe. Damals war ich vier und hatte mit Streichhölzern gespielt. Man sieht heute noch die Kerben, die ich mit der Klobürste in die Tür gehauen habe. Corinna hat meinen Zettel gelesen. Sie strahlt mich an und schreibt auf die Rückseite: *Cocker ist super! Du auch*.

Als ich es gerade so richtig super finde, dass Corinna mich super findet, kommt die Thies auf mich zu:

Ich dachte, du wolltest Detektiv werden, Tom. Die Sherlock-Holmes-Mütze trägst du doch wohl deswegen immer, oder?

Alle bis auf die Thies lachen.

Detektiv? Pah! Ich presse die Lippen fest zusammen. Alle in der 4 a wissen: Die Mütze hat mir Corinna hauptsächlich deshalb geschenkt, damit man meinen kahlen Kopf nicht sieht. Plötzlich weiß ich ganz genau, was ich später mal werde. Fernsehdetektiv! Fernsehdetektive sind meistens besser als die Polizei. Und wenn die Thies im Jahr 2020 vor dem Fernseher sitzt, sieht sie mich auf dem Bildschirm und sagt: »Das ist Tom Bold, ein ehemaliger Schüler von mir. Ich habe schon damals gewusst, dass aus ihm einmal etwas ganz Besonderes werden würde.«

Corinna stößt mich an. »He! Träumst du? Große Pause!«

Geld ist nicht alles

Auf dem Schulhof frage ich Corinna und Miri, ob sie von dem Vogelraub im Zoo gehört haben.
Sie haben davon gehört und sind genauso empört und aufgeregt wie ich.
Ich muss Miri immer mal wieder von der Seite ansehen. Der Arzt hat dem schönsten Mädchen der Klasse das Essen von Süßigkeiten verboten. Sie wurde allmählich zu fett. Jetzt dürfen Sven und Felix ihr nicht mehr die täglichen Kuchenkrümeltüten kaufen. Seit die Lockspeise fehlt, geht Miri nicht mehr mit den beiden über den Schulhof, sondern wieder mit Corinna und mir. Tja, Geld ist nicht alles. Ich, Tom Bold, habe jetzt zwei Frauen und Sven und Felix haben keine. - »Halt! Lass das!« Zu spät. Felix hat mir meine Sherlock-Holmes-Mütze vom Kopf gerissen. Er rennt damit in die Klasse und schreit: »Ist was weg, keiner weiß, wo, Cocker & Co., Detektivbüro.«
Ich laufe ihm nach und stürze mich auf ihn.

»Lass mich los!«, schreit Felix.
»Dann gib mir meine Mütze her! Ich löse keine Fälle mehr!«
»He! Habt ihr das gehört? Das reimt sich! Tom kann dichten«, freut sich Felix und schreit auf, weil meine Faust auf seiner Nase gelandet ist. Versehentlich.
Frau Thies betritt die Klasse, gibt mir meine Mütze zurück und fragt: »Was war jetzt schon wieder los, du Rauf-Bold?«
Ich setze mich und sage: »Nichts. Schon gut.« Dabei ist allerhand los und gar nichts gut. Sven und Felix haben mal wieder mein Matheheft geklaut. Jetzt sehen sie sich meine Hausaufgaben an und machen sich lustig über mich. Wegen der Fehler.
Ich weiß genau, wie sie an das Matheheft gekommen sind. Felix hat mich mit der Mütze abgelenkt und Sven hat sich in der Zeit an meiner Schulmappe zu schaffen gemacht. So etwas spielt sich immer in den Pausen ab. Davon kriegt Frau Thies nichts mit. Ich kann es ihr auch nicht sagen. Sven und Felix verraten ihr sonst, dass ich mal Lollis im Supermarkt gestohlen habe.
Stimmt allerdings. Das habe ich gemacht. Und Sven und Felix haben mich dabei beobachtet. Ich brauchte damals die Lollis. Dringend. Wegen Miri und diesem Kojak. Gebracht hat es nichts. Doch.

Ich kann mit Lolli im Mund reden, ohne dass mir die Spucke aus den Mundwinkeln läuft. Ich habe es gestern im Unterricht vorgeführt. Frau Thies hat gesagt: »Lass das, Tom. Der Glatzkopf Kojak mit dem Lolli ist out. Den suchst du auf allen Fernsehkanälen vergebens.«

Corinna stößt mir ihren Ellbogen in die Rippen. »He, Superdetektiv! Du hast gesagt: ›Gib mir meine Mütze her! Ich löse keine Fälle mehr.‹ Du hast das doch nicht etwa ernst gemeint?«

Ich schüttele schnell den Kopf. Wie war das noch mit der doppelten Verneinung?

Verflixt, die Thies kommt auf mich zu. Superernst. »Tom Bold, was ist mit deinen Mathematik-Hausaufgaben?«

Sven und Felix drehen sich nach mir um und tun so, als ob sie an einem Lutscher leckten.

Ich ziehe den Kopf ein und sage: »Äh - bei mir verschwinden immer die Mathe-Hausarbeitshefte. Hokuspokus, Fidibus.«

Großes Gelächter und Lärm in der Klasse.

Am lautesten lachen Sven und Felix.

Mir ist nicht zum Lachen. Und Sven und Felix haben eigentlich auch keinen Grund. Die wollen, dass ich für sie klaue. Teure Füller im Schreibwarengeschäft. Das mache ich nicht. Schon als ich die Lollis mitgenommen hatte, bin ich beinahe aufgefallen. Außer-

dem: Klauen ist gemein. Ich weiß das, seit Sven und Felix immer meine Sachen verschwinden lassen.
Frau Thies brüllt »Ruhe, bitte!« in die Klasse.
Nichts zu machen. Es bleibt laut.
Ein schriller Pfiff.
Bewundernde Stille. Mensch, die Thies kann mordsmäßig gut auf den Fingern pfeifen. Ich denke gerade, dass sie doch eigentlich ganz in Ordnung ist, da setzt sie sich an ihren Tisch, schlägt das Klassenbuch auf und trägt ein, dass Tom Bold wieder einmal keine Mathematik-Hausaufgaben gemacht hat. Sie sagt es beim Schreiben leise vor sich hin.
Sven und Felix schauen sich nach mir um und grinsen.
Mensch, bin ich sauer. Die Thies hat null Ahnung. Und die Schule ist der größte Mist des Jahrhunderts. Irgendein Erfinder hat sie mal erfunden und unschuldige Kinder müssen sich seitdem damit abquälen.

Vogeldiebe sind etwas für die Polizei

*H*itzefrei!«, sagt Frau Thies eine Stunde vor Schulschluss. »Sport fällt aus.«
Ich freue mich riesig. Manchmal kann Schule auch Spaß machen.
Ich packe meine Sachen ein. »He! Was ist das?« Jetzt ist mein Tintenkiller wirklich weg.
Sven und Felix halten einen Zettel hoch. Darauf steht: »Such den Killer!«
»Na, wartet!« Ich balle die Fäuste.
Corinna hält mich am Arm fest und sagt in das laute Schrillen der Klingel hinein, dass ich Wichtigeres zu tun hätte. »Cocker & Co. hat einen neuen Fall.«
»Cocker & Co., Detektivbüro, löst den Vogelraub im Zoo«, kichert Sven.
Felix strahlt. »Das reimt sich, Sven. Wenn du dichten kannst wie Tom, kannst du bestimmt auch Kriminalfälle lösen wie er.«
»Wie? Was? Vogelraub? Kriminalfälle lösen? Augenblick mal!« Frau Thies kriegt Angstaugen und verstellt uns an der Klassentür den Weg.

»Sie haben es heute Morgen im Lokalfunk durchgegeben«, sagt Sven. »Wertvolle Vögel fehlen.«
»Hier? In unserem Zoo?«
»Ja«, sage ich. »Zwei Gelbhaubenkakadus und zwei Hellrote Aras. Sie sollen noch auf dem Zoogelände sein. Die Diebe und die Vögel.«
»Das ist ein Fall für Tom Bold, unseren Superdetektiv«, sagt Sven und zwinkert Felix zu.
»Mach keinen Unsinn, Tom«, sagt Frau Thies. »Vogeldiebe sind etwas für die Polizei. In unserer Nachbarschule wurde vor vier Wochen ein ausgestopfter Uhu gestohlen. Aus einer Glasvitrine im Gang. Der Hausmeister, der die Diebe stellen wollte, wurde niedergeschlagen. Schwere Gehirnerschütterung und Rippenquetschungen. Man hat Hausdurchsuchungen bei zwei Tierpräparatoren gemacht, das sind Leute, die Tiere ausstopfen. Gefunden hat man den Uhu nicht.«
»Keine Angst! Tom hat heute sowieso keine Zeit für Vogeldiebe. Er muss als Mitglied von Cocker & Co., Detektivbüro, Frau Sichtermann beschatten«, verrät Miri.
»Wer ist Frau Sichtermann?«, fragt Frau Thies.
»Toms Oma wohnt im Seniorenheim Sonnenschein«, sagt Corinna.
»Na und?«

»Frau Sichtermann ist ihre Nachbarin. Sie fährt täglich zu ihrem neuen Freund«, sagt Miri.
»Darf sie keinen Freund haben?«, fragt Frau Thies.
»Toms Oma glaubt, dass Frau Sichtermann einem Heiratsschwindler in die Hände gefallen ist«, sagt Miri und kichert.
»Weil sie den Freund nie mitbringt ins Seniorenheim Sonnenschein und ganz viel Geld von ihrem Sparbuch abgehoben hat«, erklärt Corinna und sieht die Kichererbse Miri ärgerlich an. »Frau Sichtermann ist eine sehr elegante Frau mit viel Schmuck. Sie war früher leitende Bankangestellte und hat zu meiner Mutter gesagt: ›Mein Freund ist ein hohes Tier. Der passt nicht ins Altersheim.‹ Meine Mutter ist Heimleiterin im Seniorenheim Sonnenschein, müssen Sie wissen.«
»Ach so.«
Frau Thies versteht. »Und wer ist Cocker? Ich meine, wer ist dieser Cocker von Cocker & Co.?«
»Ein alter Köter mit kurzen Beinen und langen Ohren«, kichert Sven.
»Er hat Triefaugen und ein Schlabbermaul«, sagt Felix.
»Cocker ist super«, sage ich.
»Tom hat Recht. Cocker ist ein sehr kluger Cockerspaniel«, sagt Corinna. »Der redet sogar manchmal.«

»Leider nur mit Tom«, sagt Miri.
»Wer's glaubt!«, sagt Sven.
»Tom Bold spinnt«, stellt Felix fest.
»Habt ihr Hunde?«, fragt Frau Thies.
Sven und Felix schütteln die Köpfe.
»Das merkt man«, sagt Frau Thies. »Ich habe zwei. Hunde haben eine Körpersprache. Sie reden mit der Schnauze, den Augen, mit den Pfoten, mit dem Schwanz, mit den Ohren, kurz: mit dem ganzen Körper. Sie können knurren, kläffen und freudig bellen. Wer ihr Gebell und ihre Körpersprache versteht, kann mit ihnen reden. Was ist nun mit diesem Cocker?«
»Er ist Toms Oma im Altersheim zugelaufen«, sagt Miri. »Und weil Corinnas Mutter gesagt hat, ein Hund hätte im Altersheim nichts zu suchen, haben Corinna und Toms Oma Wilhelmine ihn zum besten Suchhund der Welt erklärt und ein Detektivbüro gegründet.«
»Aha, so ist das Detektivbüro Cocker & Co. entstanden«, sagt Frau Thies. »Eine famose Idee. Auf Wiedersehen, ihr - Detektive.«
Miri behauptet auf dem Heimweg, Frau Thies hätte bei ihren Abschiedsworten geschmunzelt.
Corinna und ich halten das für ein Gerücht.
»Aber von Hunden versteht die Thies eine ganze Menge«, sagt Corinna.

»Ja«, sagt Miri. »Mehr als von Kindern. Von wegen Körpersprache. Wenn ich in Mathe oder Deutsch etwas weiß, unruhig herumrutsche, mir fast den Arm verrenke und mit den Fingern schnippe, damit sie mich aufruft, merkt sie rein gar nichts.«
Wenn Miri Recht hat, hat sie Recht, denke ich. Komisch. Sie geht immer noch neben uns her. Dabei hat sie einen anderen Heimweg. Als ich mich laut darüber wundere, sagte Corinna:
»Miri will mitmachen.«
»Wobei?«
»Beim Beschatten von Frau Sichtermann.«
Typisch Mädchen. Die machen alles unter sich aus. Egal. Heute wird sowieso nichts aus dem Beschatten. Das tut Oma Wilhelmine sich und uns nicht an. Viel zu heiß, wetten?

Cocker hasst Gefängnisse

Oma Wilhelmine und Cocker kommen uns entgegen. »Schnell, schnell! Ich habe ein Taxi bestellt«, sagt Oma Wilhelmine und winkt mit ihrem Sonnenschirm. »Lasst eure Schulmappen bei mir. Wir müssen Frau Sichtermann beschatten. Da drüben geht sie. Sie ist auf dem Weg zum Bus.«

Ich stöhne. »Frau Sichtermann? Beschatten? Bei der Hitze?«

»Es muss sein. Jeder Tag mehr in Gesellschaft eines Heiratsschwindlers kann zur Katastrophe führen«, sagt Oma Wilhelmine. »Frau Küppersberg und ich glauben jetzt zu wissen, wo Frau Sichtermann ihre Nachmittage verbringt. Sie nimmt den Bus in Richtung Zoo. Ich wette, ihr Freund ist der Zoodirektor. Wir fahren hinter dem Bus her.«

»Ich habe eigentlich Stubenarrest«, sage ich. »Wegen Mathe.«

»Stubenarrest? Kommt nicht in Frage. Das sind total veraltete Erziehungsmethoden«, sagt Oma Wilhelmine. »Ich muss wohl mal ein ernstes Wort mit deinen Eltern reden. Du kommst natürlich mit.«

»Darf ich auch mit?«, fragt Miri. »Dann müsste ich aber zuerst zu Hause anrufen.«

»Von mir aus«, sagt Oma Wilhelmine und Miri rennt zum Telefonhäuschen.

»Warum fahren wir nicht mit demselben Bus wie Frau Sichtermann? Das ist billiger«, sagt Corinna.

»Mensch, das geht nicht«, erkläre ich ihr. »Erstens erreichen wir den Bus nicht mehr, weil Oma Wilhelmine und Cocker schlecht zu Fuß sind, und zweitens würde uns Frau Sichtermann im Bus sehen. Wenn man jemanden beschattet, darf derjenige einen nicht entdecken, verstehst du?«

Corinna nickt und zieht sich ihre Zöpfe durch den Mund.

Miri kommt vom Telefonhäuschen zurück. »Mama hat es erlaubt!«, ruft sie. »Fährt Cocker auch mit?«

»Ich weiß nicht, ob er es möchte«, sagt Corinna. »Tom kann ja mal mit ihm reden.«

»He, Cocker!«, sage ich. »Kommst du mit in den Zoo?«

Cocker kratzt sich am Ohr. »Zoo? Was ist das?«

»Im Zoo sind lauter seltene, undressierte Tiere. Sie sind in Käfigen untergebracht, hinter Glas, in Gehegen und Drahtverhauen, damit Menschen sie anschauen können und dazu nicht extra in fremde Länder fahren müssen.«

Cocker schüttelt sich. »Ich bleibe hier. Ich hasse Gefängnisse. Und in Autos schwitze ich immer.«
»Was hat er gesagt?«, fragt Corinna.
»Dass er Gefängnisse hasst und in Autos schwitzt.«
»Du musst ihm erklären, dass Zoos keine Gefängnisse sind«, sagt Miri.
Ich versuche es, während die anderen nach dem Taxi Ausschau halten. Es gelingt mir nicht. Cocker will einfach nicht einsehen, dass Glasscheiben, Gitter, Maschendraht und Gatter zum Schutz von Mensch und Tier da sind. Er knurrt: »Freilassen!«
»Und was ist, wenn zum Beispiel Oma Wilhelmine ein Tiger zuläuft?«, frage ich.
»Ha! Die würde schon mit ihm fertig«, sagt Cocker.
Hund bleibt Hund, denke ich. Der versteht eben doch nicht alles. Da ist nichts zu machen.
Das Taxi fährt vor. Ich umarme Cocker, flüstere ihm ins Schlappohr, dass wir ohne seine gute Spürnase vielleicht den Heiratsschwindler, aber ganz bestimmt nicht die Vogeldiebe finden werden, und hebe ihn mit aller Kraft auf den Rücksitz.
»Typisch Mensch. Alles mit Gewalt«, brummt Cocker und dann knurrt er noch etwas, das wie »Auf eigene Gefahr« klingt.
Ich schnalle mich an und nehme ihn auf den Schoß. Corinna setzt sich links neben uns und Miri rechts. Es ist drückend heiß im Wagen.

»Wohin bitte?«, fragt der Taxifahrer.
»Folgen Sie der Buslinie 10 in Richtung Zoo«, sagt Oma Wilhelmine und nimmt auf dem Beifahrersitz Platz.
»Das soll wohl ein Witz sein, was?« Der Taxifahrer sieht sich Hilfesuchend nach uns um.
Wir schütteln die Köpfe.
»Nein, nein, das ist kein Witz«, sagt Oma Wilhelmine. »Es geht um das Lebensglück eines Menschen.«
»Na, wenn es ums Glück geht, dann wollen wir mal!«, sagt der Taxifahrer und fährt los.
Auf halber Strecke erreichen wir den Bus, in dem Frau Sichtermann sitzen soll. Wir bleiben dicht an ihm dran. Wenn der Bus hält, hält der Taxifahrer auch an. Irgendwie immer in letzter Sekunde. Ich glaube, er will uns ärgern. Jetzt brettert er mit dem Ruf »Ihm nach!« bei Gelb über die Kreuzung. Der Busfahrer hat es noch bei Grün geschafft. Uff!
Ein Glück. Endstation. Der Bus hält direkt vor dem Zoo.
Frau Sichtermann steigt aus.
»Möchte wissen, was Leute heute in den Zoo zieht. Da stinkt es im Augenblick gewaltig. Das macht wohl die Hitze«, sagt der Taxifahrer. Er rümpft die Nase, lässt seinen Wagen hinter dem Bus ausrollen,

zieht die Handbremse, steigt aus und hält Oma Wilhelmine und uns die Wagentüren auf.
Cocker springt als Erster heraus und knurrt: »Sein mieses Benzin duftet auch nicht gerade nach Rosen.«
»Stimmt«, sage ich und lache. »Tiere müssen zusammenhalten.«
»Wie bitte?«, fragt Oma Wilhelmine.
»Nichts, nichts. Hab nur mit Cocker geredet.«
»Ach so.«
Wir verlassen das Auto und holen tief Luft.
Cocker steht zitternd auf seinen vier Beinen und entschuldigt sich bei mir. »Äh, ich habe auf deine Hose ... geschwitzt.«
Tatsächlich. Meine Jeans! Das rechte Hosenbein ist total nass.
»Igitt! Das war kein Schwitzen, Cocker.«
Corinna und Miri zeigen auf meine Jeans und kichern.
Dass Mädchen aber auch alles mitkriegen müssen.
»Fünfzehn Mark. Möglichst passend«, sagt der Taxifahrer und hält die Hand auf.
»Los, los! Folgt Frau Sichtermann!«, sagt Oma Wilhelmine. »Bis ich mein Kleingeld zusammengesucht und bezahlt habe, geht kostbare Zeit verloren.«
Wir gehen los.

Das Zoogelände ist von einer hohen Mauer umgeben. In den oberen Rand der Mauer sind Glassplitter eingelassen. Das Eingangstor ist gleichzeitig Ausgang. Polizisten stehen davor und kontrollieren die Zoobesucher, die herauskommen.
Am Kassenhäuschen, genau über dem Schalter, hinter dem die Kassiererin sitzt, hängt ein großes Schild mit der Aufschrift FÜTTERN VERBOTEN!
Corinna und Miri kichern.
»Die Kassiererin darf nicht gefüttert werden«, sagt Corinna.
Es sind natürlich die Zootiere gemeint, aber so ein Schild könnte Miri auch brauchen, denke ich. Und wie ich gerade so richtig breit über meinen tollen Einfall grinse, geht Frau Sichtermann, ohne zu bezahlen, am Kassenhäuschen vorbei in den Zoo.
Wir schleichen ihr nach. In gebührendem Abstand.
»Halt! Kommt zurück! Ihr müsst Eintrittskarten kaufen! He! Manfred, Egon! Haltet die Kinder mit dem Hund auf! Sie haben noch nicht bezahlt.« Das war die Kassiererin.
Zwei Männer in Blauleinenarbeitskleidung drängen uns zurück. Einer trägt eine Latzhose, der andere hat eine Tätowierung auf dem rechten Arm. Der mit der Latzhose schleppt schwer an einem Werkzeugkasten. Die Männer liefern uns und den

Werkzeugkasten bei der Kassiererin ab und verschwinden in Richtung Affenhaus.
Wir können der Frau mit dem roten Kleid, den hellblonden Haaren und den großen Ohrringen noch so freundlich sagen, dass Oma Wilhelmine nachkommt und für uns bezahlt, ohne Eintrittskarte lässt sie uns nicht hinein. »Da könnte ja jeder kommen«, sagt sie und stellt den Werkzeugkasten hinter ihren Stuhl.
»Donnerwetter, die Frau hat Kraft«, flüstert Corinna. »Bei ihr sah es so aus, als ob der Kasten federleicht wäre.«
Zehn Pinguine wandern im Gänsemarsch durch den Zoo. Ich frage die Kassiererin, warum sie bei der Hitze nicht im Wasser sind.
»Der Ozon-Smog bekommt ihnen nicht. Sie müssen ins Pinguinhaus«, sagt die Frau und schaut dabei immer mal wieder nach hinten zum Werkzeugkasten. Es sieht so aus, als ob sie horchen würde.
Ich muss lachen und sage: »Im Fernsehen machen sie das so, wenn eine Zeitbombe unter einem Stuhl liegt und sie Angst haben, dass sie losgehen könnte.«
»Hab ich auch gerade gedacht«, sagt Corinna.
»Hallo!« Die Kassiererin zuckt zusammen. Oma Wilhelmine wedelt mit einem Zwanzigmarkschein. »Ich hätte gerne vier Eintrittskarten, eine für mich

und drei für die Kinder.« Dann fragt sie die Frau nach dem Zoodirektor.
»Herr Direktor Doktor Schöller ist irgendwo im Gelände unterwegs. Es werden Reparaturarbeiten im Affenhaus durchgeführt. Die Baugrube für das Bärenhaus wird ausgeschachtet. Falls Sie den Herrn Direktor nicht auf dem Baugelände finden, sollten Sie nach den Polizisten Ausschau halten. Bei ihnen könnte er ebenfalls sein. Die Beamten suchen das Zoogelände ab und befragen Mitarbeiter wegen des Vogeldiebstahls.«
»Schon gut«, sagt Oma Wilhelmine. »Ihr Chef ist ein viel beschäftigter Mann.«
»Ja. Und für ein Gespräch mit ihm haben Sie sich einen ungünstigen Tag ausgesucht. Übrigens, das Affenhaus ist für Besucher gesperrt. Und den Hund müssen Sie anleinen. Neulich hat ein Setter Jagd auf unsere Pekingenten gemacht.«
Cocker protestiert. »Ich habe noch nie Peking-Enten gejagt.«
Es nützt ihm nichts. Er wird angeleint. Von mir höchstpersönlich. »Halt! Hier geblieben! Leinenzwang. Bei Fuß, Cocker! Lass die anderen ruhig schon vorgehen.«
Denkste. Cocker entwickelt Bärenkräfte. Er zerrt mich voran, zieht sich dabei fast die Kehle zu und hechelt: »Das ist gemein! Das ist Tierquälerei!

Das ist Freiheitsberaubung! Hast du gehört, Tom?«
»Bin ja nicht taub.«
Im Affenhaus sind zwei jüngere Arbeiter damit beschäftigt, eine Elektroleitung neu zu verlegen. Der Fußboden wird aufgerissen. Ein Arbeiter bohrt mit einer Schlagbohrmaschine, ein anderer schweißt. Der mit dem Schweißgerät hat eine Tätowierung auf dem Arm, der mit dem Bohrer trägt eine Latzhose. Ah! Ich glaube, das sind die zwei Typen, die uns am Kassenhäuschen aufgehalten haben. Durch den Lärm, den die beiden Männer machen, sind die Erdmännchen aus ihren Erdlöchern hervorgelockt worden. Sie stehen hoch aufgereckt und neugierig da. Die Pinselohräffchen springen aufgeregt im Käfig hinter der Glasscheibe umher. Sie haben Angst und können sich nirgendwo verstecken. Einige von ihnen haben winzige Jungtiere vor dem Bauch.
Miri schneidet Grimassen. Sie steht vor dem Schimpansenkäfig. Zwei Tiere rütteln energisch am Käfiggitter. »Hört auf mit dem Lärm! Lasst uns raus!«, soll das heißen. Ein kleiner Schimpanse rutscht auf dem Po über den versifften Käfigboden. Ein Tierpfleger spritzt mit einem Wasserschlauch einen leeren Käfig aus.
Der Orang-Utan sieht durch uns hindurch.

»Kann mir schon denken, was der denkt«, sage ich.
»Ich auch«, sagt Corinna. »Am liebsten würde er uns hinter Gittern sehen und sich draußen.«
»Falsch«, knurrt Cocker. »Er ist nicht im Gefängnis. Er ist weit weg.«
»Hat Cocker was gesagt?«, fragt Miri.
»Hm. ›Der Orang-Utan ist weit weg‹, hat er gesagt. Ich glaube, Cocker meint, dass der Affe sich in den Urwald denkt. So wie ich mich oft aus der Schule wegdenke. Irgendwohin, wo es schön ist.« Ich sehe Corinna tief in die Augen. »Manchmal denke ich mich auch zu dir, wenn ich allein zu Hause vor meinem Matheheft sitze.«
Corinna stellt sich auf die Zehenspitzen, reckt sich und gibt mir einen Kuss auf meinen Stoppelkopf. »Du sagst manchmal so liebe Sachen, Tom.«
Miri lächelt verlegen.
Mir wird ganz warm im Bauch und ich fühle mich mächtig stolz. Ich glaube, dies ist der schönste Tag in meinem Leben.
»Haben Sie den Zoodirektor gesehen?«, fragt Oma Wilhelmine die Arbeiter.
»Da kommt er.«
»Er hat es übrigens gar nicht gerne, wenn Besucher hier herumtrampeln und uns bei der Arbeit stören.«
»Das ist der Zoodirektor?«, flüstert Corinna.

»Möchte wissen, was Frau Sichtermann an dem gefällt«, sagt Oma Wilhelmine.
Ich sehe ihn mir genauer an. Er ist nicht sehr groß, ziemlich alt, hat kaum noch Haare und ein rotes Gesicht. Er fuchtelt aufgeregt mit den Armen. »Das Affenhaus ist zur Zeit wegen Reparaturarbeiten gesperrt!«
»Wo ist Frau Sichtermann?« Oma Wilhelmine schwingt drohend ihren Sonnenschirm. »Wir sind vom Detektivbüro Cocker & Co.«
»Wer Sie sind, ist mir total egal. Sie verlassen sofort das Affenhaus«, sagt Herr Direktor Doktor Schöller.
»Na, hören Sie mal!« Oma Wilhelmine holt tief Luft. »Ich bin Frau Sichtermanns Freundin.«
»Und ich bin hier im Zoo nicht nur Direktor, sondern auch Tierarzt. Ich muss an die Tiere denken, bin für sie verantwortlich. Sie werden durch den Lärm, den die Arbeiter bei den notwendigen Reparaturarbeiten verursachen, schon außergewöhnlich stark belastet. Dazu noch Besucher, das ist einfach zu viel. - Augenblick mal! Warten Sie! Müsste ich diese Frau Sichtermann kennen?«
»Das weiß ich nicht«, sagt Oma Wilhelmine und schwingt wieder ihren Schirm. »Aber mich werden Sie noch kennen lernen, Sie unhöflicher Mensch. Kommt, Kinder!«

Ein Kragenbär hat kalte Füße gekriegt

Der Zoodirektor folgt uns eilig. »Entschuldigen Sie bitte«, sagt er. »War diese Frau Sichtermann früher leitende Bankangestellte?«

»Ja«, sagt Oma Wilhelmine.

»Dann weiß ich, wen Sie meinen.« Herr Schöller nimmt Oma Wilhelmines Arm und führt sie aus dem Affenhaus hinaus. »Ich hab nicht so genau zugehört. Frau Sichtermann und ich kennen uns seit Jahren. Sie ist eine großherzige Person. Ich verehre sie sehr. Ihre Freunde sind auch meine Freunde.«

Oma Wilhelmine bleibt stehen und sieht ihn scharf an. »Dann sind Sie also Frau Sichtermanns hohes Tier.«

»Werden Sie sie heiraten?«, fragt Corinna schnell und zieht sich ihre Zöpfe durch den Mund.

»Oder haben Sie es nur auf ihr Geld abgesehen?« Das war Miri.

»Hier muss ein Missverständnis vorliegen«, sagt Herr Direktor Schöller und schmunzelt. »Ich bin seit vielen Jahren glücklich verheiratet und Vater von vier Kindern. Frau Sichtermann ist Mitglied im Verein ›Freunde des Zoos‹. Sie hat einen nicht unerheblichen Beitrag zum Bau unseres Bärenhauses geleistet. Ihr findet Frau Sichtermann bei ihrem besten Freund. Der ist allerdings ein sehr hohes Tier. Ob er Heiratsabsichten hat, weiß ich nicht. Fragt ihn am besten selbst.« Der Direktor verbeißt sich das Lachen. »Es ist Emil, unser Giraffenbulle. Seine Gefährtin ist vor einem halben Jahr gestorben. Seitdem ist er einsam und freut sich sehr über Frau Sichtermanns regelmäßige Besuche. Wenn sie auf der Bank vor dem Gehege sitzt und mit ihm spricht, lebt er richtig auf.«

»Frau Sichtermanns Freund ist ein Giraffenbulle? Das darf doch nicht wahr sein!« Oma Wilhelmine lacht mit dem Zoodirektor um die Wette.

»Auf zu Emil, dem hohen Tier!«, sagt sie dann und wischt sich die Lachtränen aus den Augenwinkeln.

»Augenblick mal!« Ich halte Oma Wilhelmine fest. »Der Fall Sichtermann ist hiermit gelöst.«

»Das war gar kein Fall«, sagt Corinna enttäuscht. Miri findet das auch.

»Ja, das war ein Reinfall, aber ein lustiger«, sagt Oma Wilhelmine. »Ich bin sehr erleichtert.«

»Ob Fall oder Reinfall, ich muss auf alle Fälle zuerst mal aufs Klo«, sage ich. »Meine Jeans ist

außen nass, weil Cocker ›geschwitzt‹ hat. Ich möchte nicht, dass sie innen auch noch nass wird.«

»Na gut«, sagt Oma. »Nimm Cocker mit und komm nach!«

»Zu Emil?«

»Na klar.«

Ich will losrennen. Verflixt. Mit Cocker an der Leine komme ich langsamer voran, als mir lieb ist. Als Cocker und ich über einen Plattenweg auf das bewusste Häuschen zugehen, höre ich erregte Stimmen. Zwei Männer in Blauleinenarbeitskleidung stehen auf dem Rasen neben dem Weg und streiten miteinander. Sie bemerken Cocker und mich nicht.

»Stell dich nicht so an«, sagt der große, blonde Mann mit der Tätowierung auf dem Arm zu dem kleineren Mann mit der Latzhose. »Der Kragenbär hat kalte Füße gekriegt. Ich konnte gar nicht anders. Ich musste ihm das Maul stopfen und ihn einbunkern. Sei froh, dass du dir nicht die Hände schmutzig machen musstest. Ihn frei herumlaufen zu lassen wäre zu gefährlich gewesen.« Er kaut heftig auf einem Kaugummi herum. Plötzlich sieht er mich, packt mich bei den Schultern und fährt mich an:

»Was hast du hier zu suchen?«

»Na, was wohl? Die öffentliche Toilette, nehme ich an«, sagt der Mann in der Latzhose beruhigend.

»Du musst aufs Klo. Nicht wahr, mein Junge?« Er lacht freundlich.
Ich nicke. Ich kenne die beiden. Es sind die Arbeiter aus dem Affenhaus.
Der Kaugummimann lässt mich los. Ich öffne die Tür mit der Aufschrift »Männer«.
»Hier stinkt es schlimmer als im Zoo.« Cocker schnüffelt angeekelt die Ecken ab.
»Warte im Vorraum auf mich«, sage ich. »Es wird vielleicht eine längere Sitzung.«
Ich habe gerade die Tür verriegelt, da bellt Cocker

und knurrt. Es hört sich so an, als ob außer ihm noch jemand im Vorraum wäre. Als ich fertig bin und herauswill, klemmt die Türverriegelung.
Ich schwitze vor Angst und schreie: »Cocker, hol draußen Hilfe! Ich komme hier nicht raus. Mach die Außentür auf!«
Cocker springt und bellt und bellt und springt.
»Misttürklinke. Was zu hoch ist, ist zu hoch«, japst er.
Ich sehe mich um. Der Fußboden ist total versifft. Die Türverkleidung reicht bis an die Decke. Der Spalt unter der Tür ist ziemlich schmal. Ich wische den Fußboden mit einer Riesenmenge Klopapier auf, werfe es in den Abfallkorb neben dem Klo und versuche mich unter der Tür durchzuschieben.
Cocker schnuppert an meinem Ohr herum und feuert mich an: »Weiter so! Du schaffst es. Du schaffst es.«
»Nein. Ich bleibe immer an meiner Jeanshose hängen. Und zwar genau da, wo der Po anfängt.«
»Hose runter!«, bellt Cocker.
Na schön. Ich schiebe mich auf dem Bauch zurück, stehe auf, lasse die Jeans fallen, schiebe sie unter der Tür durch und mich hinterher. Dabei hole ich mir Schrammen auf meinem verlängerten Rücken und verliere fast meine Unterhose. Der Fliesenfußboden stinkt abscheulich. Ich komme mir vor

wie der Schimpanse, der auf dem eingenässten Käfigboden herumrutscht. Das ist alles andere als ein Vergnügen. »Ächz! Stöhn! Gleich hab ich's.«
»Geschafft!« Cocker bellt vor Freude wie verrückt. Die Außentür fliegt auf. Sven und Felix stehen im Türrahmen und draußen in der Sonne steht - Frau Thies. Cocker rennt sie fast um. Seine Leine schleppt er hinter sich her.
»Halt, Cocker! Bleib hier!«
Denkste. Cocker hört nicht auf mich. Was jetzt? Ein Hund im Zoo. Mit Leine ohne Mensch hintendran. Das wird Ärger geben. Ein schöner Freund ist mir das.
Ich steige in aller Eile in meine Jeans, mache es sehr ungeschickt und falle hin.

»Wir haben deine Hilferufe und Cockers Bellen gehört«, sagt Sven mit breitem Grinsen und hilft mir auf.

Felix untersucht in der Zeit das Schloss der Toilettentür.

»He, Sven! Sieh dir das mal an!«, sagt er. Sven geht zu ihm. Die beiden gucken, fummeln am Schloss herum und tuscheln.

»Ist alles in Ordnung da drin bei euch Männern?«, ruft Frau Thies.

»Ja, ja«, antworte ich und gehe schnell zu ihr hinaus. »Das Schloss der Toilettentür hat bloß geklemmt.«

Sven und Felix kommen mir nach. »Du spinnst.« Felix zeigt mir den Vogel.

»Das Türschloss hat nicht geklemmt. Tom hat nur versucht es falsch herum aufzumachen«, sagt Sven zu Frau Thies. »Er war bestimmt total in Panik. Ha, ha, ha.«

Ich kriege eine Mordswut und schreie: »Was habt ihr zwei überhaupt hier zu suchen?«

»Die beiden wollten die Vogeldiebe ausfindig machen«, sagt Frau Thies. »Ich hatte mir das gedacht und habe mich ins Auto gesetzt, um deine Klassenkameraden vor dem Zooeingang abzufangen. Zum Glück ist mir das gelungen. Dieser Fall ist eine Nummer zu groß für euch, Kinder. Der für die Vögel

und die Kamele zuständige Pfleger ist verschwunden. Ich habe es soeben im Autoradio gehört. Er heißt Rudolf Rademacher, ist fünfundzwanzig Jahre alt und mittelgroß. Eigentlich sollte er die ganze Nacht bei den Kamelen bleiben, weil eins der Tiere krank ist. Gegen sieben Uhr in der Frühe wollte ihn der Zoodirektor ablösen, aber Rademacher war nicht mehr da. Man nimmt an, dass er der Täter ist. Das Vogelkäfiggitter ist nicht aufgeschnitten. Nur Rudolf Rademacher hat Schlüssel für die Vorhängeschlösser. Überall ist hier Polizei. Versprecht mir nichts auf eigene Faust zu unternehmen, ja?«
Ich trete aufgeregt von einem Bein auf das andere, vergesse total, dass ich kein Detektiv mehr sein will, und sage: »Wenn ich diesen Rademacher erwische, kann der was erleben. Aber zuerst muss ich Cocker suchen. Könnte ja doch vielleicht sein, dass er Appetit auf Pekingenten kriegt.«
»Na gut«, sagt Frau Thies. »Und wo treffen wir uns, wenn du den Hund gefunden hast?«
»Bei den Kragenbären.«
»Kragenbären gibt es hier nicht«, behauptet Sven.
Ich laufe los und schreie: »Doch. Einen Kragenbären gibt es ganz bestimmt hier im Zoo. Der ist nämlich eingebunkert worden, weil er kalte Füße gekriegt hat. Und sein Maul hat man ihm auch gestopft.«

»Woher weißt du das mit den kalten Füßen und dem Einbunkern?«, ruft Frau Thies hinter mir her.

»Zwei Arbeiter aus dem Affenhaus haben sich darüber unterhalten«, rufe ich über meine Schulter zurück. »Ich hab's zufällig mit angehört. Sie standen auf dem Rasen vor dem Toilettenhaus.«

Nehmt euch in Acht vor einem Hund mit Schlappohren!

*I*ch renne auf der Suche nach Cocker von einem Tiergehege zum anderen und rufe: »He! Ihr da! Habt ihr einen alten Hund gesehen? Wisst ihr, wo hier im Zoo der Kragenbär ist?«
Die Kängurus kommen in großen Sprüngen an den Zaun. Die Flamingos ziehen die Köpfe aus den Flügeln. Die Bisons brüllen laut. Die Kamele sehen mich besonders aufmerksam an. Eins scharrt immerzu mit dem rechten Fuß. Der Emu stolziert am Gatter entlang und sieht mich mit stechenden Augen an. Er legt den langen Hals weit nach hinten und stößt seltsame Töne aus. Die Wölfe rennen in ihrem Käfig unruhig hin und her. Beim Ententeich bleibe ich stehen und rufe den Pekingenten zu: »Nehmt euch in Acht vor einem Hund mit Schlappohren!«
Komisch, ich habe das Gefühl, als ob mich jemand beobachtet. Wenn ich mich umsehe, ist niemand da. Ob es Sven, Felix und Frau Thies

sind? Na klar. Die beschatten mich, damit ich mich nicht auf die Suche nach dem Vogeldieb mache, wetten? Dabei suche ich im Augenblick bloß Cocker.

Jetzt bin ich bei den Panthern. Der Käfig ist bis zur halben Höhe mit Maschendraht umwunden. Das ist neu. »He!« Ich beuge mich weit über die Absperrung und rufe laut: »Habt ihr einen Hund gesehen, der seine Leine hinter sich herzieht?«

Der Panthervater pennt. Die Panthermutter gähnt und dreht mir den Rücken zu.

»Na schön. Dann eben nicht. Bei der Hitze sind alle faul. - He! Seht mal! Euer Junior klettert am Käfiggitter hoch. Die Hälfte hat er schon geschafft. Noch etwas weiter und er ist draußen.«

Die Panthermutter hat auch dafür nur ein müdes Gähnen übrig. Feine Eltern sind mir das.

Plumps. Heruntergefallen. Der Kleine rappelt sich wieder auf und sieht mich an, als wollte er sagen: »Macht nichts. Irgendwann schaff ich's, wetten?«

»Tut mir Leid. Hab keine Zeit darauf zu warten, Kleiner«, sage ich und zucke zusammen.

»Der Käfig ist ungenügend abgesichert«, sagt hinter mir jemand mit lauter und kräftiger Stimme. »Der kleine Kerl ist sehr aktiv. Sogar bei der heutigen Hitze. Ich hatte angeordnet, dass auch die

obere Hälfte des Käfigs und das Käfigdach mit Maschendraht überspannt werden.«
Ich sehe mich um. Der Jemand, der gesprochen hat, ist der Zoodirektor. Er spricht mit den Arbeitern aus dem Affenhaus. Es sind dieselben Typen, die sich vor dem Toilettenhaus gestritten haben. Der mit der Latzhose kratzt sich am Kopf, kaut seinen Kaugummi und sagt: »Wir haben gedacht, es reicht, wenn wir unten engmaschigen Draht um den Gitterkäfig herumspannen, damit der Junior nicht durch die Stäbe nach draußen schlüpfen kann. Das haben wir gemacht.«
»Die Dachabsicherung werden wir heute nicht mehr schaffen«, sagt der Typ mit der Tätowierung am Arm. »Heute ist unser letzter Arbeitstag. Es waren nur vier Tage ausgemacht. Morgen arbeiten wir schon in einer anderen Stadt. Wir sind im Affenhaus noch nicht fertig. Und in drei Stunden ist Feierabend.«
»Letzter Arbeitstag oder nicht, ich möchte, dass der Käfig oben mit Maschendraht geschlossen wird«, sagt der Direktor. »Der kleine Panther ist ein außergewöhnlich guter Kletterer. Am Ende schafft er es, bis an den oberen Rand des Käfigs zu gelangen und herauszuklettern. Das wäre dann ein gefundenes Fressen für die Presse. Es ist eine Reporterin hier wegen der gestohlenen Vögel. Ich sehe schon

die Überschriften: ›Junger Panther ausgebrochen‹, ›Ungenügende Absicherung der Käfige im Zoo‹, und so weiter.«

»Wenn das so ist, machen wir uns selbstverständlich sofort an die Arbeit, Herr Direktor«, sagt der Arbeiter mit der Latzhose freundlich und gibt seinem großen, kräftigen Kumpel heimlich einen Tritt vors Schienbein. »Sie haben für heute schon genug Aufregungen gehabt. Zuerst sind die Vögel verschwunden und dann der Kragenbär. Immer noch keine Spur von ihm?«

»Leider nicht«, sagt der Zoodirektor. »Und ich habe ihn für besonders zuverlässig gehalten. Wie man sich täuschen kann. Wir haben doch noch engmaschigen Draht?« Der Tätowierte räuspert sich und sagt gedehnt: »Gestern war noch eine halbe Rolle da. Wir sehen mal nach.«

Die Männer wollen gehen. Ich halte den Zoodirektor am Ärmel fest. »Entschuldigung. Der Kragenbär, wo war er denn vorher?«

»Vorher? Was meinst du damit?« Der Zoodirektor sieht mich erstaunt an.

Bevor ihm das Maul gestopft und er eingebunkert wurde, will ich sagen, aber das klappt nicht. Der große, blonde Mann mit der Tätowierung am Arm packt mich bei den Schultern, dreht mich zu sich herum und sieht mich von oben herab scharf an.

»Halte den Herrn Direktor nicht auf. Er hat viel zu tun.«
»Schon gut, Manfred«, sagt der Zoodirektor. »Lassen Sie den Jungen los. Er und ich, wir kennen uns. Er ist der Freund einer guten, alten Freundin.«
Der Arbeiter gibt mich widerwillig frei.
Der Zoodirektor geht vor mir in die Hocke. »Ich habe tatsächlich wenig Zeit. An deiner Stelle würde ich Kragenbär Kragenbär sein lassen und mich wie der Blitz in Richtung Giraffenhaus in Bewegung setzen. Deine Großmutter und Frau Sichtermann sind noch bei Emil, dem hohen Tier. Stell dir vor, ihnen ist gerade ein Hund zugelaufen. Sie wissen es nur noch nicht. Er hat sich klammheimlich

angeschlichen. Jetzt liegt er fast unbeweglich und still unter der Bank, auf der die Frauen und zwei Mädchen sitzen. Weißt du zufällig, wo das Kind ist, das den Hund vorher an der Leine hatte?«

Ich nicke, sage »Danke für den Tip!« und renne los. Wieder habe ich das Gefühl, dass mich jemand verfolgt.

Cocker kann es nicht sein. Der liegt ja angeblich unter der Bank vor dem Giraffengehege.

Ich schleiche mich so nah wie möglich an die Bank heran und bleibe hinter dicken Büschen stehen. Von hier aus habe ich den Überblick, ohne selbst gesehen zu werden.

Oma Wilhelmine, Corinna, Miri und Frau Sichtermann sitzen auf der Bank. Oma Wilhelmine und Frau Sichtermann unterhalten sich ziemlich laut über Miris und Corinnas Köpfe hinweg. Unter der Bank liegt Cocker. Ein Auge ist offen, das andere geschlossen.

Giraffenmann Emil steht am Zaun im Freigehege, kaut und schaut hochmütig auf die vier Menschen herab.

»Hat er nicht wunderschöne Augenwimpern?«, fragt Frau Sichtermann. »Er mag mich. Er redet sogar mit mir.«

Oma Wilhelmine lacht: »Genau wie Cocker mit Tom, was?«

Dann will sie von Frau Sichtermann wissen, wie viel

Geld sie dem Zoodirektor in den Rachen geschmissen hat.
»Eine ganze Menge«, sagt Frau Sichtermann. »Machen Sie nicht so ein vorwurfsvolles Gesicht, Frau Bold. Die Bären und die Besucher werden sich über das Bärenhaus freuen, und was weg ist, ist weg. Das muss ich nicht mehr vererben.«
Ich pfeife leise unsere Erkennungsmelodie:

Ist was weg, keiner weiß, wo,
Cocker & Co., Detektivbüro.

Corinna und Miri haben gute Ohren. Sie sehen sich um und wollen einen Freudenschrei ausstoßen.
Ich lege schnell den Finger auf meinen Mund und winke, dass sie kommen sollen. Sie nicken, stehen vorsichtig auf und schlendern auf mich zu.
»Ein Glück, dass du wieder da bist«, sagt Corinna und umarmt mich.
»Wo hast du so lange gesteckt?«, fragt Miri.
»Auf der Toilette. Äh - ich war in der Toilette eingeschlossen und musste mich unter der Tür hindurchschieben. Als ich es geschafft hatte, kamen Sven und Felix.«
»Ausgerechnet die?«, sagt Corinna.
»Ja. Und vor dem Toilettenhaus stand Frau Thies.«
»Was? Die ist auch hier im Zoo?«
Miri fasst es nicht.
»Ja.«

»Und warum?«, will Corinna wissen.

»Sie hat sich Sorgen um Sven und Felix und um uns gemacht, sich ins Auto gesetzt und ist losgefahren. Sie dachte, wir suchten die Vogeldiebe auf eigene Faust.«

»Na und? Wennschon.« Corinna zieht sich ihre Zöpfe durch den Mund.

»Ich weiß nicht«, sage ich. »Es ist jetzt auch noch der Mann verschwunden, der für die Vögel zuständig war, sagt Frau Thies. Er heißt Rudolf Rademacher. Sie vermuten, dass er der Täter ist, weil die Käfige aufgeschlossen wurden und nur er Schlüssel für die Vorhängeschlösser hat.«

»Hast du Angst?«

»Ach was.« Ich schüttele heftig den Kopf. »Aber die Polizei hat noch keine Spur. Und dann ist auch noch ein Kragenbär verschwunden.«

»Bären gibt es hier im Zoo nicht«, sagt Corinna. »Die kann man erst anschaffen, wenn das Bärenhaus fertig ist. Aber wir können uns ja mal umhören. Komm, Miri!« Die Mädchen rennen um die Büsche herum und verschwinden aus meinem Blickfeld. »Frau Sichtermann!«, höre ich. »Gibt es hier Kragenbären?«

»Soviel ich weiß, nicht.«

»He, Tom, hörst du? Es gibt hier keine Kragenbären. Tom! Wo bleibst du? Komm!«

Das kann ich nicht. Leider. Jemand hat sich angeschlichen. Er packt mich von hinten. Meine Mütze fällt mir vom Kopf. Man klebt mir blitzschnell den Mund zu. Ich werde tief nach unten gezerrt, wo es muffig riecht. Ich wehre mich heftig und schlage mir irgendwo den Kopf an. Alles wird schwarz um mich.

Als ich aufwache, liege ich in einem düsteren Raum neben einem Toten. Wenigstens sieht der Mann sehr tot aus. Ich meine, so sehen Leichen im Fernsehen oft aus. Der Mann liegt auf der Seite und starrt mit weit geöffneten Augen vor sich hin. Sein Mund steht offen. Vor dem Mund liegt ein Knebel. Der Mann trägt einen grauen Arbeitsmantel und Gummistiefel. Seine Hände sind auf dem Rücken gefesselt und seine Beine stecken in einer Maschendrahtrolle. Ich kann das alles gut sehen. Neben ihm steht nämlich eine Grubenlampe.

»So«, sagt der Tätowierte mit dem Kaugummi im Mund zu mir. »Hier kannst du nach dem Kragenbären fragen, so viel du willst. Hier findet dich niemand.«

»Stimmt genau«, sagt sein Kollege mit der Latzhose.

»Den Bunker haben wir beim Ausschachten entdeckt«, sagt der Tätowierte. »Noch weiß keiner etwas darüber. Und der da kann nichts mehr sagen.« Er zeigt auf den Mann am Boden. »Befreiungsversuche sind zwecklos und gefährlich. Einsturzgefahr.«

Die Männer stapfen davon. Ihre Schritte hallen. Mit hohlem Plopp fällt eine Eisentür zu. Der Riegel wird vorgelegt. Das Licht der Grubenlampe flackert. Es ist eiskalt. Draußen habe ich geschwitzt. Jetzt friere ich. Eine Weile sitze ich da wie erstarrt. Dann reiße ich mir den Klebestreifen vom Mund und schreie um Hilfe. Immer und immer wieder. Schließlich verspreche ich dem lieben Gott, dass ich nie, nie, nie wieder nach Kragenbären fragen werde. Ich brülle, so laut ich kann, dass ich das große Einmaleins lernen will. Still für mich. Vorwärts und rückwärts. Ich verspreche hoch und heilig, dass ich der Thies sagen werde, dass ich mal

Lollis geklaut habe. »Ist doch egal, was die dann von mir denkt. Ich will bloß raus hier«, rufe ich. »Hilfe! Hört mich denn niemand? Ich bin Tom Bold. Ich bin hier eingesperrt. Hallo! Hilfe!« Ich hämmere mit den Fäusten gegen die Wand.

Ein Toter redet

Verhalte dich ruhig, Kleiner«, flüstert der Tote neben mir und dreht sich auf den Rücken.

Ich springe laut schreiend auf und renne in die Richtung, in die die Typen verschwunden sind. Da muss die Tür sein. Ich rutsche aus, stolpere, falle hin, rappele mich wieder auf, fühle und taste. Keine Tür, keine Türklinke, nur kahle, kalte, feuchte Wand. Ich schreie um Hilfe, so laut ich kann.

»Keine Angst«, sagt der »Tote« mit schwacher Stimme. »Ich glaube, ich weiß, wo wir sind. In einem alten Luftschutzbunker aus dem Zweiten Weltkrieg. Meine Großeltern haben mir davon erzählt. Komm vorsichtig her! Hilf mir die Handfesseln zu lösen und den Maschendraht von meinen Beinen zu entfernen. Irgendjemand muss uns früher oder später finden.« Der Mann hustet und stöhnt.

Ich kann ihm nicht helfen. Ich weiß auch gar nicht, ob ich das will. Gefesselt kann er mir nichts tun. Ich bin vor Angst steif wie ein Brett. Meine Zähne

schlagen aufeinander. Zum Glück kann ich noch reden. »Ssssind Ssssie der, der die Vögel geklaut hat?«

»Um Gottes willen, nein. Aber ich weiß, wer es getan hat.«

Ich zittere am ganzen Körper. »Llllleben die Vögel noch?«

»Keine Ahnung. Woher soll ich das wissen? Ich bin seit heute Morgen kurz vor sieben Uhr hier im Bunker.« Der Mann ächzt und versucht seine Beine in der Drahtrolle zu bewegen. »Entschuldige«, sagt er. »Warum hast du nach mir gefragt?«

»Ich? Ich kenne Sssssie ja gar nicht. Ich hab nicht nach Ihnen gefragt.«

»Doch. Du hast gefragt: ›Wo ist der Kragenbär?‹ Stimmt's?«

»Ja, schon, aber . . .«

»Ich bin der Kragenbär.«

»Sie? Der Kragenbär?« Ich rutsche an der feuchten Wand herunter und stottere: »Äh - ich hätte nie gedacht, dass Sie ein Mensch sind, ich meine, dass der Kragenbär ein Mensch ist.«

»Wie bist du denn auf das Wort Kragenbär gekommen?«

»Zwei Männer unterhielten sich. Ich habe es zufällig gehört. Einer sagte: ›Stell dich nicht so an. Der

Kragenbär hat kalte Füße gekriegt. Ich musste ihm das Maul stopfen und ihn einbunkern.‹«

»Ja, ich hatte kalte Füße gekriegt. So nennt man es in der Verbrechersprache, wenn jemand zufällig einer krummen Sache auf der Spur ist, Angst kriegt und sagt, dass er alles aufdecken will. Kragenbär ist mein Spitzname. Sie nennen mich im Zoo so, weil ich immer mit einem Stützkragen aus Schaumstoff herumlaufen muss. Komm mal her! Schau ihn dir an! Ich hatte vor einem halben Jahr einen Autounfall mit Schleudertrauma. Meine Halswirbelsäule hat damals etwas abgekriegt. Wie heißt du eigentlich?«

Plötzlich werde ich ruhiger. Das Zittern und Zähneklappern hört auf. »Ich heiße Tom Bold«, sage ich. »Ich bin Mitglied von Cocker & Co., Detektivbüro. Warten Sie, ich helfe Ihnen.«

Tatsächlich. Da ist dieser Stützkragen. Den habe ich in meiner Aufregung vorher gar nicht gesehen.

»Oh, prima. Du hast geschickte Hände, Tom.« Der Mann stöhnt. »Vorsicht. Der Strick hat sich tief in meine Handgelenke eingegraben. Geschafft! So. Wenn du am unteren Drahtrollenende ziehst und ich meine Beine anhebe, müssten wir es gemeinsam hinkriegen.«

Ich ziehe, er stöhnt und hebt die Beine an. Ich

brauche viel Kraft. Ein letzter Ruck. Ich habe die Drahtrolle in den Händen und falle erschöpft um. Eine dick geschwollene Hand fährt mir übers Gesicht. »Danke. Schade, dass wir uns unter so unglücklichen Umständen kennen lernen müssen.«
»Ich glaube, wir hätten uns schon vorher kennen lernen können.«
»Tatsächlich? Wo?«
»Im Vogelhaus bei den Käfigen. Ich habe mich mit den Gelbhaubenkakadus und den Aras unterhalten und gar nicht gemerkt, dass Sie hinter den Blumen standen.«
»Mensch, dann bist du der Emu.« Der Kragenbär fährt mit der Hand über meinen Kopf, legt seinen Arm um mich und lacht leise. »Hab dich bei dem Flackerlicht nicht erkannt. Als du damals im Vogelhaus warst, hatte ich den ersten Verdacht. Der Maurer Manfred und der Elektriker Egon sind im Augenblick Mädchen für alles hier im Zoo. Sie hatten unter anderem vom Chef den Auftrag das Vogelkäfiggitter an einer Stelle zu reparieren. Ich kontrollierte ihre Arbeit und entdeckte, dass Wachsreste in den Schlüssellöchern der Vorhängeschlösser steckten. Ich dachte: Holla! Da will jemand Nachschlüssel machen. Weil ich nicht Unschuldige beschuldigen wollte, habe ich die beiden heimlich beobachtet. Heute in aller Frühe, noch vor

sieben Uhr, wollten sie wohl die Vögel stehlen. In ihrem normalen Arbeitszeug. Um sieben Uhr dreißig beginnt erst ihr Dienst. Niemand wäre auf die Idee gekommen, dass sie Einbrecher sein könnten. Ich bin für die Vögel und die Kamele zuständig. Weil eins der Kamele krank ist, habe ich die Nacht bei ihm verbracht. Gegen Morgen wartete ich vor dem Gehege auf den Direktor. Er hatte versprochen ganz früh nach Kasimir zu sehen und mich abzulösen. Kasimir heißt das kranke Kamel. Unser Zoodirektor ist gleichzeitig Tierarzt. Das ist ideal. Plötzlich habe ich Manfred und Egon gesehen. Sie kamen hinter den Büschen vom Giraffengehege aus der Erde und gingen ins Vogelhaus. Ich habe »Halt! Stehen bleiben!« gebrüllt. Das war falsch. Ich hätte den Zoodirektor alarmieren und die Polizei anrufen müssen. Manfred und Egon haben mir gegenüber natürlich alles abgestritten, etwas von vergessenem Werkzeug gemurmelt und so. Ich sagte, dass ich es dem Zoodirektor melden müsse. Das wollten sie nicht. Der Manfred hat mich daraufhin gefesselt, geknebelt, bewusstlos geschlagen und hierher gebracht. Der Egon hat versucht ihn davon abzuhalten. Vergeblich. Manfred ist stärker und brutaler. Weil ich kaum Luft kriegte, hat mir der Egon hier im Bunker den Knebel aus dem Mund gezogen und ›Stell dich tot!‹ geflüstert. Das habe ich mir nicht zweimal sagen lassen. Vorsichtshalber. Ich heiße übrigens . . .«

»Ich weiß, Sie sind Rudolf Rademacher«, sage ich schnell.

»Hellseher, was?«, staunt der Mann.

»Nein. Sie haben über Sie im Rundfunk gesprochen«, sage ich.

»Ehrlich?«

»Ja.«

»Das ist prima.«

»Prima? Alle halten Sie für den Dieb.«

»Alle? Ehrlich?«

»Na ja, das Vogelkäfiggitter ist nicht kaputt. Nur Sie hatten Schlüssel für die Käfige.«

»Und Manfred und Egon hatten Nachschlüssel.«

»Das weiß sonst ja niemand.«

Wir schweigen eine Weile.

Plötzlich höre ich, dass der Kragenbär weint. »Der Zoodirektor hält große Stücke auf mich«, sagt er. »Was muss der jetzt von mir denken? Ich wollte ihn nicht enttäuschen. Ich wollte ihm Ärger ersparen, die Tat verhindern, verstehst du das?«

Ich nicke und klappere mit den Zähnen. »Ich enttäusche und ärgere immer die Thies. Das will ich eigentlich auch nicht. Ich mag sie nämlich.«

»Die Thies?«

»Ja. Frau Thies ist unsere Ersatzlehrerin.«

»Und womit enttäuschst oder ärgerst du sie?«
»Ich kann das große Einmaleins nicht.«
»Das kann man nicht einfach so. Das muss man üben.«
Seltsam. Ich zittere plötzlich wieder so stark, dass ich kaum noch reden kann. »Meine Oma ist ausgezogen. Sie hat immer mit mir geübt. Ich kann nur üben, wenn jemand bei mir ist.«
»Fang an!«
»Wie bitte?«
»Fang an zu üben. Ich bin ja bei dir.«
»Das geht nicht. Es ist besser, ich schreie wieder um Hilfe. Cocker wird uns finden«, sage ich. »Er ist ein alter Cockerspaniel mit einer guten Spürnase und sehr guten Ohren. Dann sind da noch Oma Wilhelmine, Frau Sichtermann, Corinna, Miri, Sven, Felix und Frau Thies, die mich suchen werden.«
»Vergiss die Polizei nicht und das Zoopersonal mit dem Zoodirektor. Sie sind bestimmt alle auf der Suche nach uns. Ich wette, sogar die beiden Diebe werden so tun, als ob sie uns suchen würden. Grässliche Typen sind das. Es geht ihnen nur ums Geld.« Er schüttelt sich. »Sie sind über eine Leihfirma zu uns gekommen. Unser Chef mietet Arbeiter nur tageweise an. Der Zoo ist zu klein, um ständig einen Elektriker und einen Maurer zu beschäftigen. Zu wenig Geld, verstehst du?«

»Das kenne ich«, sage ich. »Seit Oma nicht mehr bei uns wohnt, habe ich auch immer zu wenig Geld.«
Ich denke an Mama, an Papa, an Oma Wilhelmine. Ich weiß selbst nicht, warum, plötzlich muss ich weinen. Es passiert wie aus heiterem Himmel. Ich kann gar nicht mehr aufhören. »Wenn wir nicht bald hier herauskommen«, schluchze ich, »dann sterbe ich vor Angst. Hilfe! Hilfe!« Vor lauter Heulen kriege ich kaum einen Ton heraus.
»Wie wäre es jetzt mit dem großen Einmaleins?«, fragt der Kragenbär. »Ich sage drei Zahlen und du brüllst sie laut heraus. Zwölf, vierundzwanzig, sechsunddreißig.«

Ich schniefe und schreie: »Dreizehn, sechsundzwanzig, neununddreißig. Das große Einmaleins mit der Zwölf kann ich schon.«

»Los, weiter«, sagt der Kragenbär. »Wieder von vorne.«

»Dreizehn, sechsundzwanzig, neununddreißig.«

»Dreizehn, sechsundzwanzig, neununddreißig.«

»Und noch einmal.«

Ich brülle die Zahlen von Mal zu Mal lauter und schneller heraus.

»Und jetzt die nächsten drei Zahlen!«

Ich schreie auch die, so laut ich kann. Der Kragenbär schreit mit. Die Zeit vergeht.

Als endlich Hundegebell erschallt, sind wir gerade beim Einmaleins mit der Siebzehn angekommen und fast heiser.

»Cocker!«, rufe ich. »Cocker!«

Cocker jault. Er scheint an der Tür hochzuspringen.

»Wir sitzen hier fest. Hol Hilfe, Cocker!«, rufe ich und umarme diesen Rudolf Rademacher. Wir lachen und heulen beide. Vor Freude.

»Hallo!«, sagt Cocker

*D*ie Tür wird aufgerissen. Sonnenlicht fällt in den Bunker. Ich renne auf das Licht zu.
»Hallo!«, sagt Cocker.
Blitzlicht flammt auf.
Miri und Corinna umarmen mich.
Sven und Felix klopfen mir auf die Schulter. »Mensch, Emu, sind wir froh!«
Wieder Blitzlicht.
»Da sind wir!«, sagt Frau Thies. »Und die Presse ist überall dabei.« Frau Thies sieht zerzaust aus und hat eine dicke Lippe. »Cocker hat uns hergelockt. Er war super«, sagt sie.
»Zwei Männer wollten uns nicht auf das Baugelände lassen«, sagt Miri.
»Sie wollten uns mit Gewalt daran hindern«, sagt Felix.
»Dadurch haben sie sich schwer verdächtig gemacht«, sagt Corinna.
»Bei uns sind sie an die Falschen geraten«, sagt

Frau Thies. »Ich kann Karate. Corinna, Sven, Miri und Felix haben auch ganz munter mitgemischt.«

»Am besten war die alte Dame mit dem Sonnenschirm«, findet die Frau von der Presse.

»Oma Wilhelmine?«, frage ich.

»Ja, Tom«, sagt Frau Thies. »Deine Oma hat mit ihrem Sonnenschirm zugestochen wie eine Florettmeisterin. Die Männer in der Blauleinenarbeitskleidung haben laut geschrien. Dadurch wurden zwei Polizisten auf uns aufmerksam. Sie nahmen die Typen mit und scheinen zu glauben, dass sie die Richtigen haben. Deine Oma ist super. Das sagten auch die Polizisten.«

Dass Oma Wilhelmine super ist, wusste ich schon immer. Aber dass die Thies Karate kann, hätte ich nie gedacht.

»Euer Cocker ist spitze«, sagt Felix.

»Ja. Der kann wirklich reden«, sagt Sven.

»Auf jeden Fall haben wir ihn ganz genau verstanden«, sagt Frau Thies.

Felix sagt: »Er rannte uns fast um, hat uns angesprungen und gebellt und gebellt. Dann ist er stehen geblieben, hat mit dem Schwanz gewedelt, uns groß angesehen und gewinselt. ›Was ist denn?‹, haben wir gefragt. Und da ist er losgerannt in Richtung Baugrube.«

»Wir hinterher«, sagt Sven.

»Am Rand der Baugrube ist er stehen geblieben, hat gejault und immer auf eine Stelle gesehen«, sagt Miri.

»Auf diese Bunkertür hier«, sage ich.

»Tür?«, fragt Frau Thies. »Sieh dir nachher mal von außen an, durch welches Gestrüpp wir uns bis hierher gekämpft haben.«

»Alles zugewachsen«, sagt Miri.

»Mit Heckenrosen«, sagt Sven.

»Wie bei Dornröschen«, sagt Corinna.

Alle zeigen mir die Kratzer an ihren Armen und umarmen mich.

»Ein Glück, dass Cocker dich gefunden hat«, sagt Miri.

»So ganz alleine in dem dunklen Bunker«, sagt Frau Thies und versucht hineinzusehen.

»Ja, Tom, das muss schrecklich für dich gewesen sein«, sagt Corinna.

Cocker ist im Bunker und bellt und bellt.

Ich mache mich frei und sage, dass ich gar nicht alleine war.

»Der Kragenbär war bei mir. Er ist noch da drin. Ganz tief hinten.« Ich zeige in den Bunker.

»Ein Kragenbär?« Frau Thies wird zuerst rot, dann blass.

Corinna, Miri, Sven und Felix halten die Luft an.

»Ja, ja«, sage ich. »Und der Kragenbär ist verletzt.«

»Ein verletzter Kragenbär?« Frau Thies wird noch eine Spur blasser. Sie nimmt mich in den Arm und drückt mich an sich.
»Hast du ein Glück, Tom. Wenn Bären verletzt sind, sind sie unberechenbar.«
»Der da drin nicht«, sage ich. »Er hat mit mir das große Einmaleins geübt. Er ist nämlich ein Mensch.«
»Ein Mensch wie du und ich?« Frau Thies lässt mich los.
Ich nicke.
Frau Thies verschwindet im Bunker. Eine ganze Weile später hinkt Rudolf Rademacher heraus. Sein rechtes Bein sieht seltsam verwinkelt aus. Frau Thies stützt ihn.
»Meine Güte, wer hat Sie so zugerichtet?«, fragt Frau Thies vor der Tür im Sonnenlicht.
»Der Maurer mit der Tätowierung auf dem Arm«, sage ich schnell. »Er und der Elektriker mit der Latzhose sind die Vogeldiebe. Sie sind Leiharbeiter und heißen Manfred und Egon.«
Sven und Felix sehen mich bewundernd an.
»Tom hat Recht«, sagt Rudolf Rademacher. »Ich bin fest davon überzeugt, dass die zwei die Vogeldiebe sind. Sie hatten bestimmt vor die Vögel irgendjemandem außerhalb des Zoos zu übergeben und dann ganz normal ihre Arbeit zu verrichten.«

»Den Plan hat der superschnelle Einsatz der Polizei vereitelt«, meint Frau Thies.
Rudolf Rademacher zwinkert. Das helle Sonnenlicht tut seinen Augen weh.
»Oh, Tom«, sagt Corinna mit Tränen in den Augen. »Du warst auf einmal wie vom Erdboden verschwunden. Es war wie Hexerei. Nur deine Mütze lag im Gras.«
Sie gibt sie mir. Ich drehe sie in den Händen und setze sie nicht auf.
»Wir haben vor dem Giraffengehege jede Ecke nach dir abgesucht«, sagt Miri und wischt sich mit dem Handrücken die Tränen ab.
Zwei Mädchen weinen um mich. Um mich, Tom Bold, genannt Emu. Das muss man sich mal vorstellen.
»Wie ist es passiert?«, fragt mich Sven.
»Wie haben sie dich verschwinden lassen?«, fragt Felix.
»Ich bin irgendwie nach unten gezerrt worden. In einen dunklen, feuchten Gang. Ich habe mich gewehrt und mir wohl den Kopf angestoßen. Licht aus. Ich hab die Kerle gar nicht gesehen. Es ging alles so schnell.«
»Es gibt hinter dem Gebüsch beim Giraffengehege einen stillgelegten Abwasserschacht mit Kanaldeckel«, erklärt Rudolf Rademacher. »Der

Schacht führt unter dem Gehege hindurch in die Baugrube für das neue Bärenhaus. Er mündet anscheinend hier irgendwo, kurz vor der Bunkertür. Sie haben dich in den Schacht herabgelassen, Deckel zu und ab zum Bunker. Einem Kind so etwas anzutun ist mehr als gemein.« Er betrachtet mich genau. »Du hast überall Kratzer von den Dornen vor der Tür. Genau wie ich. Das hast du noch gar nicht gemerkt, was? Wehe, wenn ich die Verbrecher vor die Fäuste kriege. Weiß jemand, wo die zwei jetzt sind?«
»Im Büro des Zoodirektors. Die Polizei verhört sie«, antwortet Frau Thies.
»Sie behaupten steif und fest, Sie, Herr Rademacher, hätten die Vögel gestohlen«, sagt die Frau von der Presse und macht noch ein Foto.
»Wenn Manfred und Egon das glaubten, hätten sie mich ja nur anzeigen müssen«, sagt Rudolf Rademacher. »Warum hat mich dieser Manfred dann niedergeschlagen und in den Bunker geschleppt?« Der Kragenbär lacht bitter. »Ein Glück, dass der Kleine da war.« Er drückt mich an sich. »Du hast mich von den Fesseln befreit. Ich konnte meine Arme und Beine kaum noch bewegen. Alles war steif und kalt.«
Ich bin mächtig stolz. Cocker drängt sich an meine Beine. Er sieht zu mir auf und winselt leise. Kör-

persprache. Er will mir zeigen, dass er mich mag und sich Sorgen um mich gemacht hat.
Oma Wilhelmine und Frau Sichtermann stehen am Rand der Baugrube und trauen sich nicht hinab. Zu steil und voller Bauschutt. Sie winken uns zu, halten ihre Hände trichterförmig vor den Mund und rufen: »Der Krankenwagen kommt bald. Wie geht es Tom?«
Frau Thies und die Frau von der Presse stützen Rudolf Rademacher, um ihm aus der Baugrube herauszuhelfen. Frau Thies zeigt auf den Kragenbär und ruft hinauf: »Einen Krankenwagen brauchen wir nur für diesen jungen Mann hier. Tom Bold ist o. k.«
Oma Wilhelmine und Frau Sichtermann fallen sich um den Hals.
»Weiß man inzwischen schon, wo die Vögel sind?«, fragt der Kragenbär, als er, schwer atmend und schweißüberströmt, oben ankommt.
»Nein. Das weiß leider niemand«, sagt Frau Sichtermann.
»Hoffentlich leben sie noch«, sagt der junge Tierpfleger. »Ich hänge an den Tieren. Sie müssen ja irgendwie transportiert worden sein. Bestimmt haben die Diebe ihnen die Schnäbel zugeklebt und sie irgendwo versteckt, um nicht aufzufallen.«
Cocker stupst mit seiner feuchten Nase an meinen Handrücken.

»Ich habe mir schwere Gedanken gemacht. Jetzt fühle ich mich federleicht«, sagt er.
»Federleicht?«, wiederhole ich und sehe Corinna an. »Da war doch was.« Corinna überlegt und zieht sich ihre Zöpfe durch den Mund.
»Die Zeitbombe!«, flüstere ich.
»Der Werkzeugkasten!«, schreit Corinna.
»Wie?« - »Was?« Alle sehen uns verwundert an.
»Die Vögel sind bei der Kassiererin«, behaupte ich.
»Genauer gesagt, in einem Werkzeugkasten hinter dem Stuhl der Kassiererin«, sagt Corinna.
Sven, Felix und Miri stehen da und staunen. »Wie seid ihr darauf gekommen?«, will Sven wissen.
»Durch Cocker«, sage ich. »Er hat mir das Stichwort gegeben.«
»Wir hätten eigentlich schon früher drauf kommen müssen«, sagt Corinna.
»Es wäre toll, wenn ihr Recht hättet, Kinder.« Die Frau von der Presse lässt Rudolf Rademacher los und macht noch schnell ein Foto von uns allen.
»Ob die Kinder Recht haben, lässt sich leicht feststellen«, sagt Frau Sichtermann.
»Auf zum Kassenhäuschen!« Oma Wilhelmine schwingt ihren Sonnenschirm.
»Aber bitte zusammen mit der Polizei.« Rudolf Rademacher und Frau Thies sagen es fast gleichzeitig.

»Zwei Polizisten stehen doch am Tor«, sagt Frau Sichtermann.
»Na, dann mal los!«, sagt Cocker. »Wenn das mit der Kassiererin stimmt, werde ich zum Wadenbeißer.«
Ich wickle mir die Hundeleine fest um die Hand. »Willst du einen Maulkorb verpasst kriegen?«
Nein, das will Cocker nicht. Er verspricht mir sich beim Anblick der Kassiererin im Kassenhäuschen zurückzuhalten.

Der Panther ist los

Rudolf Rademacher will nicht mit. Er sieht jetzt sehr bleich aus und bleibt auf der Bank bei den Flamingos zurück. Frau Sichtermann leistet ihm Gesellschaft.

Sosehr wir uns auch beeilen, die junge Frau mit den langen Ohrringen ist nicht mehr im Kassenhäuschen. Auch der Werkzeugkasten ist weg. Und rechts und links vom Tor keine Spur von einem Polizisten.

So eine Enttäuschung! Eine Weile stehen wir ratlos herum.

»Seht mal! Da drüben ist sie!« Sven ist sehr aufgeregt und zeigt auf den Parkplatz. »Da! Die mit den blonden Haaren und dem roten Kleid!«

Richtig. Da steht die Kassiererin und unterhält sich mit einem Mann mit Sonnenbrille.

Jetzt gehen die zwei auf ein Auto zu. Die Frau trägt einen Werkzeugkasten.

Oma Wilhelmine und wir wollen losrennen.

»Stopp! Hier geblieben! Tun Sie bitte ganz unauffällig. Das ist eine Sache für uns, eine Sache für die Polizei.«

Na, so was! Die Stimmen der Polizisten kamen aus dem Gebüsch rechts vom Tor. Wir bleiben stehen.

»Die Kassiererin mit den hellblonden Haaren und dem roten Kleid soll die Vögel haben«, flüstert Oma Wilhelmine.

»Soso. Wer behauptet das?«, flüstert es zurück.

»Mein Enkel Tom und seine Freundin Corinna. Die zwei sind Mitglieder von Cocker & Co., Detektivbüro.«

»Sieh an! Schlau, schlau! Inzwischen glauben wir nämlich auch, dass die Frau die Vögel hat. Man lernt nie aus. Kassiererinnen gelten doch im Allgemeinen als besonders vertrauenswürdig. Wir haben so getan, als zögen wir ab, um sie in Sicherheit zu wiegen. Wir möchten Komplizen und Hintermänner der verdächtigen Arbeiter erwischen. Achtung! Jetzt wird es ernst. Lasst euch nichts anmerken, Kinder!«

Während wir völlig unauffällig tun, vor uns hin pfeifen, in den Himmel sehen und so, kommen die Polizisten hinter dem Gebüsch hervor, gehen geduckt zum Parkplatz, schleichen sich vorsichtig an und überwältigen die Kassiererin und den Mann mit der Sonnenbrille genau in dem Augenblick, in

dem der Mann den Werkzeugkasten von ihr übernimmt und in sein Auto stellen will.
Viele Passanten bleiben stehen.
Nun hält uns nichts mehr auf dem Zoogelände. Wir rennen auf den Parkplatz, kämpfen uns durch die Schaulustigen und sehen: Im Werkzeugkasten liegen die vier Vögel. Dicht gedrängt. Ihre Schnäbel sind zugeklebt. Sie sind tot, oder? Auf jeden Fall sehen sie sehr tot aus. Können sich Vögel totstellen wie der Kragenbär? Nein, das glaube ich nicht, aber ich möchte es gerne glauben. Mir wird schlecht. Miri und Corinna klammern sich aneinander. Sie sind blass und weinen. Selbst Sven und Felix sehen traurig aus.
Der Zoodirektor eilt herbei. Er sagt, dass er den Krankenwagen für Rudolf Rademacher in jedem Augenblick auf dem Parkplatz erwartet. Im nächsten Moment starrt er fassungslos die Vögel, den fremden Mann und die Kassiererin an. Er untersucht die Tiere gründlich und sagt wütend: »Nichts mehr zu machen. Sie sind tot.«
»Die Hitze ist schuld«, jammert die Kassiererin. »Die beiden wollten die Vögel nicht umbringen. Sie wollten sie lebend verkaufen. Aber plötzlich war überall Polizei. So früh am Morgen. Die beiden konnten mir die Tiere nicht übergeben. Wir mussten sie verstecken.«

Sie zeigt auf den Werkzeugkasten.
»Wen meinen Sie mit ›die beiden‹?«, fragt einer der Polizisten.
»Den Maurer Manfred und den Elektriker Egon«, sagt die Kassiererin. »Sie haben mich gezwungen mitzumachen.«
»Gezwungen? Ja, wie denn?«, fragt Oma Wilhelmine.
Die Frau wird knallrot und druckst herum. Schließlich sagt sie leise: »Sie haben gesagt: ›Wenn du nicht mitmachst, Puppe, sagen wir dem Herrn Direktor, dass du ein Jahr lang im Knast warst.‹ Ich hatte an meiner früheren Arbeitsstelle Geld unterschlagen. In meinem Bewerbungsbogen habe ich die Frage nach einer Vorstrafe mit ›nein‹ beantwortet. Sonst hätten Sie mich bestimmt nicht eingestellt, Herr Direktor.«
»Das weiß ich nicht so genau«, sagt der Zoodirektor. »Aber jetzt sind Sie auf jeden Fall fristlos entlassen.«
Die Polizisten fordern ihre Kollegen per Funk auf die Verdächtigen zum Parkplatz zu bringen. Ein großer Polizeiwagen, der grüne Minna heißt, fährt zusammen mit dem Krankenwagen auf den Parkplatz.
Rudolf Rademacher wird mit einer Trage von der Bank bei den Flamingos abgeholt und an mir vor-

beigetragen. Er hat Tränen in den Augen. »Die Vögel sind wirklich tot? Ich hätte die Sache anders anpacken müssen. Ich habe gedacht, ich könnte mit den Halunken fertig werden. Dabei hat einer von ihnen gereicht, um mich fertig zu machen.«

»Sie waren sehr nett zu Tom«, sagt Frau Thies. »Er hat es mir gesagt. Wir besuchen Sie mal im Krankenhaus.«

»Wir auch«, versprechen Oma Wilhelmine und Frau Sichtermann.

Der Zoodirektor legt dem Kragenbär seine Hand auf die Schulter.

»Rudolf, machen Sie sich keine Gedanken. Sie haben sich mehr als genug eingesetzt. Die Versicherung wird für den Schaden aufkommen. Ich werde allerdings keine neuen Aras und Kakadus anschaffen. Sie sind schwer zu bekommen und verhältnismäßig leicht zu stehlen. Auf jeden Fall leichter als ein Nashorn. Ein Glück, dass Sie und Tom noch einigermaßen heil aus dem Bunker herausgekommen sind. Gute Besserung!«

Die Trage mit dem Kragenbär wird in den Krankenwagen geschoben. Er winkt mir zum Abschied zu.

Als der Krankenwagen das Zoogelände verlassen hat, fragt der Zoodirektor: »Wo ist dieser alte Cockerspaniel, der an der Rettung von Rudolf Ra-

demacher und Tom Bold so maßgeblich beteiligt war?«
Cocker kommt schwanzwedelnd näher. Der Zoodirektor streichelt ihn. »Braver Hund. Du darfst ab jetzt gratis in den Zoo. Mindestens zwanzigmal. In Begleitung natürlich. Sozusagen mit Mensch an der Leine.«

»Deine zwanzig Gratisgefängnisbesuche kannst du dir an den Hut stecken«, sagt Cocker. »Eine einzige Wurst wäre mir tausendmal lieber.«
Manchmal bin ich richtig froh, dass nur ich hören kann, was Cocker so von sich gibt.
Manfred, Egon, die Kassiererin und der Mann mit der

Sonnenbrille, der den Werkzeugkasten entgegengenommen hat, werden von den Polizisten zur grünen Minna geführt. Sie halten die Köpfe gesenkt, steigen ein und dann geht es ab in Richtung Polizeirevier.
»Hoffentlich sind damit die Aufregungen des heutigen Tages beendet«, sagt der Zoodirektor.
In dem Augenblick brüllt jemand: »Der kleine Panther ist los!«
»Verflixt, hat er es also doch noch geschafft«, sagt der Zoodirektor. »Diese kriminellen Typen hatten ja Wichtigeres zu tun als das Käfigdach mit Maschendraht zu überspannen. Sie mussten Kragenbärbeine darin einwickeln.«
Der kleine Panther sitzt draußen vor dem Gitter. Seine Eltern rennen im Käfig aufgeregt hin und her.
»Das kommt davon, ihr Rabeneltern«, sage ich. »Ihr hättet besser auf euren Klettermax aufpassen müssen.«
»Weißt du, was? Wir nennen ihn Max«, sagt der Zoodirektor. »Aber zuerst müssen wir Panther junior einkreisen. Helft ihr mir dabei?«
Sven, Felix, Miri, Corinna und ich wollen selbstverständlich helfen. Aber wir haben Angst. Die Panthereltern tun jetzt wahnsinnig wild. Sie werfen sich gegen das Gitter. Es sieht so aus, als wollten sie es sprengen. Der Kleine hockt, noch etwas benommen vom Sturz aus der Höhe, außen vor dem Käfig und rührt sich nicht.
»Bitte nicht fotografieren!«, sagt der Zoodirektor. »Das

würde ihn erschrecken und er könnte in Versuchung kommen sich irgendwo unter Büschen zu verstecken.«
Wir ziehen den Kreis um ihn immer enger und enger. Zack! Der Zoodirektor hat zugegriffen. Der kleine Panther zappelt in seinen Händen. Er kratzt und faucht. Die Reporterin von der Zeitung fotografiert. Die Panthereltern brüllen. Erst als der junge Panther wieder im Käfig ist, beruhigen sich die Tiere allmählich.
Frau Sichtermann fährt mir mit der Hand über den Kopf, fühlt eine Beule, sieht die Kratzer von den Dornen an meinen Armen und Beinen.
»Armer Tom. Tut's weh?«
»Ach was. Ich bin froh, dass ich nicht mehr abbekommen habe.«
Während ich das sage, fällt mir ein, was ich dem lieben Gott in meiner Not so alles versprochen habe, um heil herauszukommen. Ich sehe Sven und Felix fest an und sage laut und deutlich: »Ich habe mal Lollis geklaut, Frau Thies.«
Oma Wilhelmine fasst es nicht. »Warum hast du das gemacht, Tom? Warum?«
»Aber Frau Bold, fast jedes Kind klaut einmal im Leben«, sagt Frau Thies und legt einen Arm um mich. »Schlimm wird es nur, wenn man nicht schnell wieder damit aufhört. Ich habe zum Beispiel mit sieben Jahren im Kaufhaus eine sehr kitschige Schmuckhaarspange gestohlen.«

»Und ich mit acht eine Rolle Drops im Andenkenladen«, sagt der Zoodirektor. »Dabei bin ich aufgefallen und mächtig verdroschen worden.«
»Auf nach Hause!«, sagt Oma Wilhelmine. »Sonst fange ich auch noch an zu beichten. Äh - bei mir handelte es sich nämlich nicht nur um eine Rolle Drops, sondern um drei. Es waren Zitronendrops. Bei ihrem Anblick lief mir immer das Wasser im Mund zusammen.«
Felix kriegt rote Ohren. »Hier, Tom! Dein Vergrößerungsglas.«
Sven grinst breit und holt unter Schwierigkeiten ein weißes Etwas aus der Brusttasche seines Polohemdes. »Das klebte im Türschloss von der Toilette, aus der Tom nicht mehr herauskam. Ein Witzbold muss versucht haben ihn festzusetzen.«
»Das war kein Witzbold, das war der Tätowierte!«, sage ich.
»Mensch, dann ist es ja ein Beweisstück«, sagt Sven stolz und drückt es dem Zoodirektor in die Hand. Der bedankt sich, betrachtet den von Sven unterschlagenen Gegenstand interessiert und verzieht das Gesicht. Es ist ein sehr stark gekautes Stück Kaugummi.
Alle lachen. Besonders laut lacht Frau Thies.
»Ab nach Hause!«, ruft Oma Wilhelmine und schwingt ihren Sonnenschirm.

Kragenbär und Emu

Als Mama und Papa von der Arbeit nach Hause kommen und von meinem Abenteuer erfahren, sind sie wahnsinnig aufgeregt.
»Du hörst sofort mit dem Detektivspielen auf. Das ist viel zu gefährlich«, sagt Papa.
»Ich glaube, ich mache weiter«, sage ich und streiche über die Beule auf meinem Kopf.
»Nichts da«, sagt Mama.
»Du lernst das große Einmaleins auswendig«, sagt Papa.
»Habe ich schon«, sage ich. Und dann schreie ich heraus, was ich mit Rudolf Rademacher im Bunker gelernt habe.
»Schon gut, schon gut«, sagt Papa, als ich bei dem Einmaleins mit der Siebzehn angekommen bin. »Nicht so laut! Wer hat dir das so schnell beigebracht?«
»Der Kragenbär«, sage ich. Und dann erzähle ich Mama und Papa meine ganz persönliche Geschichte, eine Geschichte, die nicht in der Zeitung stehen

wird. Sie hat die Überschrift: »Wie sich ein Kragenbär und ein Emu lachend und weinend in den Armen lagen.«

Mama und Papa finden die Geschichte so gut, dass sie sich zum Schluss auch umarmen. Dann rufen sie im Krankenhaus an und erkundigen sich nach Rudolf Rademacher. »Er hat eine Gehirnerschütterung und einen Beinbruch«, sagt Mama. »Er lässt dich schön grüßen.«

Am nächsten Tag bekommt der Kragenbär großen Besuch. Alle, die es versprochen hatten, stürmen sein Krankenzimmer. Cocker darf nicht mit hinein. Er ist stinksauer und redet mal wieder nicht mehr mit mir.

Als wir uns eine Woche später in der Pause zusammen mit Frau Thies zum hundertsten Mal die sehr gut gelungenen Zoofotos in der Zeitung anschauen und mit unseren Erlebnissen vor unseren Mitschülern prahlen, kommt der Rektor und teilt uns mit, dass der Maurer Manfred und der Elektriker Egon ein Geständnis abgelegt hätten.

Alle freuen sich. Auch Frau Thies.

Der Rektor wendet sich zum Gehen. »Und ab nächster Woche habt ihr wieder bei Frau Fechner Unterricht.«

Zeng. Tür zu.

Schock. Ich streiche mir mit der Hand über den

Kopf. Ganz langsam und vorsichtig. Jetzt, wo wir Frau Thies das Lachen beigebracht haben, kommt die Fechner zurück? Schade.
Sven und Felix finden das auch. Sie sagen zwar immer noch Emu zu mir, aber damit können sie mich nicht mehr ärgern. Miri und Corinna sind auf meiner Seite und meine Haare wachsen jetzt superschnell. Ich habe schon fast eine Igelfrisur und über kurz oder lang sind Ähnlichkeiten mit lebenden Tieren nur noch rein zufällig.

Die Ökobande

Hans Joachim Alpers
Die Ökobande:
Aktion »Dicker Hund«

Ein ausgesetzter, misshandelter und halb verhungerter Hund wird von der Ökobande aufgefunden. Bei der Suche nach dem Besitzer stoßen die vier Freunde auf Kampfhunde, die von gewissenlosen Gangstern für blutige Wettkämpfe abgerichtet werden. Auch ohne ihre Hunde sind die Männer eindeutig in der Übermacht. Kann die Ökobande den Laden auffliegen lassen?

128 Seiten. Arena-Taschenbuch – Band 1921.
Extra großes Taschenbuchformat. Ab 10

Arena